KB161686

지금의 '나'는
어제의 '나'가 아니다

개구리
연못에 퐁당

책 속 군데군데에 있는 '물퍼짐'의 이미지는 다음을 뜻합니다.

"이른 봄 인기척 하나 없는 조용한 연못에 '퐁당!' 뛰어든 개구리.
일순간에 정적은 깨졌지만, 곧 정적의 상태로 돌아갔지요.
뭔가 세상을 '깨우쳐주려 하는 소리'로 들리지 않나요?"

개구리
연못에 퐁당

초판인쇄 2018년 6월 7일
초판발행 2018년 6월 7일

지은이 김원호
펴낸이 채종준
기 획 양동훈
편 집 이선혜
마케팅 송대호

펴낸곳 이담북스
주소 경기도 파주시 회동길 230 (문발동)
전화 031 908 3181(대표)
팩스 031 908 3189
홈페이지 http://ebook.kstudy.com
E-mail 출판사업부 publish@kstudy.com
등록 제일산-115호(2000. 6. 19)

ISBN 978-89-268-8442-3 03810

이 책은 한국학술정보(주)와 저작자의 지적 재산으로서 무단 전재와 복제를 금합니다.
책에 대한 더 나은 생각, 끊임없는 고민, 독자를 생각하는 마음으로 보다 좋은 책을 만들어갑니다.

행복 인생관 에세이

지금의 '나'는 어제의 '나'가 아니다

김원호 지음

이담
Books

행복 인생관 에세이
『개구리 연못에 퐁당』을 발행하면서

　글을 쓴다는 것은 자기를 쓰는 것입니다. 자기를 쓴다는 것은 자기의 마음을 표현하는 일입니다. 지나간 과거의 감동, 환희, 회한, 울분뿐 아니라 지금의 희망, 욕망, 행복을 그대로 표현하는 것입니다.

　심지어 그것은 글 쓰는 이의 마음치유의 기법으로까지 확대되기도 합니다. 그것은 순수한 인간 본연의 모습이기 때문입니다. 글을 씀으로써 좋은 스트레스Eu-stress가 철철 넘쳐 온몸의 통증을 완화시켜주는 소중한 치료약이 되기도 합니다. 고통과 번민과 원망을 품고 있더라도 안심할 수 있을 것입니다.

　지하철 한구석에서 몰입하여 글을 쓰고 있으니 나도 모르게 삶의 의욕이 저절로 생기는 것 같습니다. 참으로 가치 있는 일이 아닐까요? 옛날이라면 문방사우文房四友로, 지금은 질

좋은 종이에 간편하게 연필이나 볼펜 같은 필기구로 쓰는 그
것. 어쩌면 지구를 움직이고 대지를 파괴하는 힘도 솟아날 듯
하니 놀라운 정신적 발산이 아닌지요? 종이와 필기구와의 친
밀함은 무엇에 비유할 수 있을까요!

여하튼 글을 씀은 필자에게는 새로운 기술로 자리매김
해주어 즐겁기 한이 없습니다.

세상에서 가장 짧은 시, 일본의 하이쿠俳句 시가 있습니
다. 어느 봄날의 정취를 묘사한 시성詩聖 바쇼松尾芭蕉 의 시는 걸
작이라 해도 지나치지 않습니다.

그의 시 '개구리 연못에 퐁당'은 너무나 유명합니다. 인
기척 하나 없는 조용하고 오래된 연못가에 개구리 한 마리가
연못에 퐁당 뛰어들었습니다. 주위가 너무나도 조용하고 평온
했던 만큼 일순간에 정적은 깨졌지만, 곧 정적의 상태로 돌아
가는 심미안을 엿볼 수 있는 시이지요.

뭔가 나른한 분위기를 연출하지만, 그래도 세상을 '깨우
쳐주려고 하는 소리'로 들리지 않는가요? 기껏 해봐야 17자로
되어 있는 시이지만…….

하이쿠 시 중에서도 일본전국戰國시대 세 장수의 시는 백미로 불립니다. 소설『대망大望』에서도 즐겨 읽었던 내용이 아닙니까? 세 장수의 '인생관이나 처세술'을 한마디로 잘 요약 정리되어 있으니 현대에 사는 우리들의 삶에 큰 경각심과 지혜를 불러일으키는 내용입니다. (5장 '처세술이 다른 세 장수' 참조)

그래서 이 에세이집의 서명을 '개구리 연못에 퐁당'으로 제호하였습니다. 필자가 하루하루 생활주변에서 느낀 '행복'을 위한 '깨우침의 이야기'가 대부분이기 때문입니다.

간단히 이 저서의 특징을 소개하면 다음과 같습니다.

첫째, 이 에세이집은, 필자의 '라이프 스토리'를 기록한 것은 아니지만 그러한 내용들이 눈에 띄게 많습니다. 누구든 만족하면서 살아가는 삶이 있을까요? 매일 걸으면서, 운동을 하면서도, 밥을 먹을 때라도, 뭔가 충족되지 않는 하루하루가 아닌가요?

둘째, '스토리식 표현'을 많이 사용했습니다. 그 이유는 모범적이고 진정한 삶을 보낸 선대先代의 큰 인물들로부터 본

받으려면, 이야기식 방법이 좋기 때문입니다.

셋째, 인간의 '인성人性과 도덕'에 관한 것이 많습니다. 사람이란 타고날 때부터 좋은 품성으로 태어나 부러움을 받으면 최고일 것입니다. 그러나 대부분은 그렇지 않습니다. 욕심이 많다던가, 악습이 많다던가, 상대에게 배려할 줄 모르는 일들 예를 들면, 길을 가다가도 질서를 지키지 않는 일, 비도덕적인 행위, 담배꽁초를 아무 데나 버리고 침을 아무 데나 뱉는 일, 윗사람에 대한 불손한 행위 등입니다.

넷째, 본서의 궁극적인 목표는 무엇보다 '인생관 확립'입니다. 세상 뭇사람들에게 이 '다섯 글자'를 선물로 바치려 합니다. 그것은 곧 '행복'으로 이어지기 때문입니다.

다섯째, 우리의 삶에서, 지나간 과거는 이제 필요 없습니다. '현재'가 무엇보다 중요하지 않습니까? 어제의 '나'는 이제 오늘의 '나'가 아닙니다. 어제의 '나'보다 더 나은 오늘의 '나'가 되기 위해서입니다.

마지막으로 이 책을 크게 분류한다면 〈인성과 성품〉,

〈인생관〉, 〈사리분별〉, 〈자기계발〉, 〈처세〉로 나눌 수 있습니다.

그동안 지인들로부터 과분한 가탄도 받고, 필자의 글에 대하여 관심을 가지고 지켜봐주신 분들이 훌륭한 질타를 한 것에 보답하는 취지에서, 이 책을 세상에 내놓기로 하였습니다.

첫 번째 감성 에세이 『네게서 정말 향기가 나는구나』에 이어, 두 번째로 발행되는 행복 인생관 에세이 『개구리 연못에 퐁당』은 감개무량하면서도 한편으로는 부끄러운 느낌도 듭니다.

이 책이 출간되기까지 가까이에서 물심양면으로 도와준 가족들에게 먼저 고마움을 보내고 싶습니다. 또한 필자의 강의를 듣는 많은 학생들에게도 깊은 고마움을 전하고 싶습니다.

2018년 3월 5일

일산 마두동에서
김원호

프롤로그

행복 인생관 에세이 『개구리 연못에 퐁당』을 발행하면서   004

1장

당신의 보석 같은 '성품'은
아름답기 그지없어요!

비비안 리는 '휴지 한 장' 때문에 _ 개굴아 개굴아! 이렇게 빌게!   016

진정한 천사, 오드리 헵번 _ 한 손은 자신, 다른 한 손은 타인을 위하여   021

신판 공공의 적 _ 왜 우리는 깨끗하게 살지 못하는가?   025

담배와 꿀밤 한 대 _ '도덕 재무장운동'을 시작하자!   029

'인내'라는 값진 것 _ 강한 인내는 보물덩어리야!   034

재벌가의 세 딸 _ 아름다운 '노블리스 오블리제'   038

용감한 녀석들 _ 약속, 책임감, 의지력은 바로 성공의 열쇠이지요!   042

그래도 살맛나는 세상 _ 미시족 아줌마! 고마워요!   047

운전교육은 엄하게 해야! _ 허무하기 짝이 없는 교통사고   051

백팩과 족발 _ 그것은 아빠의 마음이야!   054

'여우와 황새'라는 놈 _ 데이코쿠(帝國) 호텔의 놀라운 서비스 정신   061

2장

당신의 '인생관'이야말로
정말 장하고 말고요!

누가 아름답다 했는가? _ '외형'보다 '본질'을 직시하라!   068

달리기 왕의 해이한 자세 _ 이승엽의 '잇쇼켄메이 간바리마스'   072

나는 젊은이다 _ '젊음'이 얼마나 소중한지 알아요?   076

도서관에 다니는 고양이 _ '진정한 삶의 자세'야말로 향기롭다   081

욕쟁이의 천금 같은 말 _ 늘 깨어 있어라!   086

명동교자의 교훈 _ '사소함'이 곧 성공비결이다   091

태블릿PC의 위력과 리더 _ 국난극복의 영웅이 보이질 않는다   095

백마 탄 김유신과 나폴레옹 _ '월든' 호수를 보면서 스트레스를 풀어요!   099

긴 것은 기차 _ 기차를 사랑한 드보르작   104

3장

당신은 언제쯤
'철'이 들었나요?

무명無明은 어리석음이다 _ '지혜로움'을 발휘하는 일상이었으면!   110

위대한 아기 엄마 _ '애'가 뭐가 필요해? 논두렁에 버려!   114

스티브 잡스, 영원히 살아 있다 _ 스테이 헝그리! 스테이 풀리쉬!   118

자업자득 _ '개미와 베짱이'에서 배우는 것   123

칭기즈 칸의 매鷹 _ '화'火는 이렇게 다스려라!   127

소고기 3인분과 티베트 아가씨 _ 오늘 니가 한 일이 뭐꼬?   132

세상에 이런 순애보가! _ 난 당신 결혼식에 갔었지요   137

동물과 '보은' _ 충견과 수달에게서 배우는 것   141

자비와 선 _ '향기' 나는 사람   145

비틀즈의 '렛잇비' _ 그냥 순리대로 살아요!   149

동대구를 지나서 _ 오늘따라 어머니가 몹시 그립다   153

4장

'자기계발'은
남 주지 않아요!

당신은 마음도 에스라인이야! _ 클레오파트라의 쿠가 조금만 더 낮았더라면!   160

작은 발견의 위대함 _ 세상을 놀라게 하는 '작고 사소한 일'   164

너희들만 할 줄 아냐? _ 끊임없는 '반복'은 세상을 바꾼다   168

태풍과 두 '거장' _ 역발상 아이디어를 창안하자!   172

9회말 2아웃 인생 _ 당신은 '재주 한 가지'라도 있는가요?   176

재봉틀 할아버지 _ 남만큼 노력해서는 남 이상이 될 수 없지요   180

깨알 같은 '수첩' _ 기억력 좋은 머리보다, 무딘 연필이 더 낫다   184

나이를 잊고 사는 그대여! _ 새해에는 한번 '미쳐보라!'   188

커피 한잔에 단팥빵 _ 커피는 창작이다   192

핸드백 속의 '작은 사전' _ 언어는 곧 나라의 힘이다   196

5장

지금의 '나'는
어제의 '나'가 아니다

거위의 꿈과 웅변가 _ 정치가는 섬기는 리더십으로   202

처세술이 다른 세 장수 _ 세상에서 가장 짧은 시, 하이쿠(俳句)   207

삼성 회장의 '경청' _ 성공하려면 '경청'할 줄 알아야   212

새내기문화와 대학 _ 대학은 인간교육의 장이 되어야 한다   216

대학 새내기 J에게! _ 소중한 시기에 '해야 할 일들'   220

빡세게 사는 대학생 조카 _ 돈키호테적이지만 얼마나 멋진 놈인가!   225

보물 같은 도서관 _ 휴대폰에만 고개를 파묻지 말라!   229

잊을 수 없는 추억 _ 힘과 에너지가 넘치는 도서관   233

메모수첩의 환희 _ 이제야 실력이 조금 느는 것 같아요!   240

O

"네가 더 나이가 들면 '손이 두 개'라는 걸 발견한다. 한 손은 너 자신을 돕는 손이고 다른 한 손은 다른 사람을 돕는 손이다." 오드리 헵번의 소중한 아름다움이 피어나는 말이다. 헵번 스타일 쇼트커트 헤어를 세계적으로 유행시켰던 요정미인. 어느 누가 그녀 앞에서 여성의 미모를 논할 수 있을까? 자기의 인생 후반을 멋있게 살아온 진정한 천사이다.

1장

당신의 보석 같은 '성품'은
아름답기 그지없어요!

비비안 리는 '휴지 한 장' 때문에

– 개굴아 개굴아! 이렇게 빌게! –

요즈음은 각 방송사별로 예능프로의 오디션이 열풍이다. 유명가수들이 나와 경쟁하는 프로도 있을 뿐 아니라 해외에서 직접 오디션에 참가시켜 국내에서 경쟁시키는 프로도 있다. 내가 강의실에서 하고 있는 세미나에서도 오디션을 본 일이 있다. 세미나의 성질상 외국어번역 연습을 겸하면서 매년 연말 '작은 음악회'를 개최하기 때문이다. 그 장기長技코너를 열심히 살펴보면, 강의실에서 보는 우리 학생들의 모습과 음악회에서 보는 학생들의 면모가 사뭇 다른 것에 놀라기도 한다.

서울의 어느 구청에서는 시민들을 위하여 지나간 추억의

명화를 정기적으로 상영한다. 거기에는 잘 알고 있는 불후의 명작 〈태양은 가득히〉, 〈노트르담의 꼽추〉 등을 가지런히 예고하고 있다. 그중 눈에 띄는 영화는 '클라크 게이블'과 '비비안 리'라는 주인공이 나오는 〈바람과 함께 사라지다〉다. 160센티의 작은 키에 18인치의 개미허리를 뽐내는 아름다운 비비안 리가 등장하는 영화이어서 관심이 더 간다.

인도에서 태어나 유년기를 그곳에서 보낸 그녀는 고국 영국으로 돌아가 부모님과 같이 유럽 각지를 돌며 교육을 받는다. 어느 날 이 영화에 출연할 스칼렛 역의 여주인공을 뽑는 오디션에 참가하게 되는데, 오디션에서 그만 불합격이라는 소리를 듣는다.

불합격임에도 얼굴을 찡그리는 대신 그녀는 살짝 미소를 지으며 출입구 쪽으로 나간다. 그러면서 바닥에 떨어져 있는 휴지조각을 사뿐히 줍는다. 그런 그녀의 행동을 보고 감독이 불러 세웠다.

"잠깐만요! 당신이 지었던 부드러운 미소와 표정 그리고 휴지를 줍는 그 마음가짐을 보니, 다른 일은 보지 않아도 다 알 수 있을 것 같군요! 이 영화의 여주인공으로 발탁하겠소!"

그 영화에서 그리려는 여주인공의 강인한 용기와 정신력을 가진 새로운 여성상을 선보이는데 그녀의 '인성'이 안성맞춤이었던 것이다.

비비안 리처럼 마음에서 우러나는 좋은 품성이 있는가 하면, 다음과 같은 경우도 있다.

나는 집에서 연구실까지 거리가 멀지 않아 걸어 다닌다. 집을 나서서 골목길을 거쳐 구멍가게를 돌아서면, 금방 새로 깐 듯 깨끗한 아스팔트길이 나온다. 생각에 깊이 빠져 하루의 일과도 그려보고 좋아하는 팝송도 읊어대면서 터벅터벅 걸어가는 길이다. 내 앞에서 걸어가고 있는 한 신사는 깔끔한 정장 신사복에 반짝거리는 구두를 신고 가는 모습이 한껏 돋보였다. 그 정도 스타일이라면 누구한테도 뒤지지 않는 매력 있고 멋있는 남성임에 틀림없다고 생각했다.

그런데 갑자기 그 깨끗한 아스팔트 위에 가래침을 퉤! 뱉는 게 아닌가! 모든 것이 일순간에 사라져버렸다.

이러한 광경을 보고 있으니 언뜻 어릴 때 초등선생님으로부터 들은 '개구리와 지네' 이야기가 떠오른다. 개구리는 어느 누구보다도 수영은 단연 최고다. 그러나 지네는 다리만 많았지 수영이라곤 쥐꼬리만큼도 할 줄 몰라 물속에 들어가면 빠져 죽는다. 어느 날 지네가 앙숙관계인 개구리한테 통사정을 한다.

"개굴아! 개굴아! 내가 오늘 급한 사정이 있어 저

강을 건너야 하는데 좀 도와줄래? 너도 알다시피
나는 다리만 많았지 헤엄은 칠 수 없잖니? 그러니
제발 좀 도와줘라!"

　그 말을 들은 개구리는 선뜻 내키지 않아 대답을 하지 않는다. 왜냐하면 지네는 보기만 해도 징그럽고 남을 물어뜯어 죽이는 습성을 가지고 있기 때문이다. 지네는 다시 부탁을 한다.

　"개굴아! 개굴아! 이렇게 빌게. 진짜 급한 일이 있
　어 그래!"

　이렇게 통사정을 하고 있는 지네의 말에 하는 수 없이 도와주기로 했다. 그래서 개구리는 지네를 등에 업고 강을 건너지만 기회가 되면 나를 물어 죽일 것 같은 섬뜩한 기분이 들어 괜한 일을 하지 않나 하는 후회를 느낀다. 강을 거의 다 건널 무렵, 아니나 다를까 지네는 개구리의 뒷목을 물어뜯어 죽여 버리고 자기의 목적을 이루었다고 하는 우화다.
　그야말로 지네의 나쁜 습성은 죽어서도 고칠 수 없다는 말이다.

　우리는 이와 같이 지네의 나쁜 습성, 그리고 보기엔 신사 같은 아저씨의 침 뱉는 습관, 그것과 달리 세기적인 여배우 '비비안 리'의 행동은 너무나 아름답다. 실패 앞에서도 온화함을 잃지 않던 모습, 그 덕분에 세기적인 역할을 맡게 된 명화를 생각하면, 우리에게 삶의 자세가 얼마나 중요한지 모른다. 그것을 명심해둔 다면 우리의 삶은 더욱 행복해지지 않을까.

진정한 천사, 오드리 헵번

− 한 손은 자신, 다른 한 손은 타인을 위하여 −

언젠가 아침 TV에서 근육이 불룩 보이는 여성이 출연하여 자기의 몸짱을 자랑하는 것을 본 적이 있다. 자그마치 올해 60세인데도 동안童顔 여성이라 하니 보기에도 충분히 수긍이 간다. 보디빌딩 대회에서 우수한 성적으로 입상도 하였으니 백 번 축하해줄 만한 일이다.

그러나 시각적으로 강인하게 보이는 근육질 여성을 볼라치면 왠지 좀 거북스러운 느낌이 들고 그다지 아름다워 보이지 않는다.

미국의 유명한 여배우 제니퍼 애니스톤J. Aniston, 1969~이 한

때 화제가 된 적이 있다. 미국 피플지에서 '올해 최고의 아름다움을 가진 여성'으로 선정된 이야기다. NBC 시트콤 프렌즈에서 당당한 커리어우먼 레이첼 역을 맡아 톱스타로 자리매김했던 그녀다. 40대 후반인데도 철저한 자기관리로 20대 못지않은 아름다움을 유지하고 있어, 뭇 여성들로부터 선망의 대상이 되고 있다. 하루 한 시간씩 일주일에 6일은 꼭 운동을 하는 그녀는 운동 후 자기의 몸이 정말로 아름답게 느껴진다고 한다.

그녀는 한때 '엉덩이'가 크다고 남으로부터 크게 놀림을 받았다고 한다. 그럼에도 요즈음 세태는 일부러 엉덩이를 키우려고 돈을 주고 주사를 맞는 세상이니 참 아이러니하지 않을 수 없다.

여성이 아름답게 보일 때는 아마 이런 경우도 해당될 것이다. 화려하지 않고 편안하게 활동할 수 있는 캐주얼한 차림이다. 게다가 옷 색깔을 입힌다고 하면 이왕 베이지색이나 흰 바지를 입힌 여성은 어떨까. 그것에 앙상블로 엉덩이 큰 여성의 자태라면 한층 아름다울 듯하다.

어느 유명한 크로스 핏Cross Fit 강사는, 여성이 남성에게 가장 어필하게 보이는 신체부위는 엉덩이라고 한다. 하물며 업up된 엉덩이야말로 여성의 가장 멋지고 매력적인 신체이며 치열하게 훈련을 즐긴 운동가의 훈장이라 한다.

최근 동안童顔으로 보이는 스타들이 매스컴에 자주 등장하는 것을 본다. 모두 운동을 즐기는 그룹이며, 그들이 하는 운동도 과도한 유산소운동보다 오히려 웨이트 트레이닝이나 스쿼트와 런지 쪽이다.

그러니까 인간의 몸 근육의 70%는 코어core라 불리는 근육 군群인데 그 핵심부분이 엉덩이다. 그것은 바로 젊고 건강한 매력 포인트가 되는 것이어서 누구라도 관심을 갖지 않을 수 없다.

그레고리 펙과 함께 출연한 영화 〈로마의 휴일〉의 오드리 헵번. 세월은 흘러도 청순미 넘치는 아름다운 요정으로 우리들의 뇌리에 뚜렷이 남아 있다. 1993년 63세의 나이로 세상을 뜬 그녀는, 특히 그의 외모만큼이나 아름다운 '내면'도 강렬하게 각인되어 있다.

> "매력적인 입술을 가지고 싶으면 '친절한 말'을 하세요. 사랑스런 눈을 갖고 싶으면 다른 사람들에게서 '좋은 점'을 찾으세요. 날씬한 몸매를 원한다면 당신의 음식을 굶주리는 사람들에게 '나눠 주세요'"

라고 오드리 헵번은 자기의 아름다움을 이렇게 유훈遺訓의 시로 절절히 읊고 있다.

정말 하늘이라는 우주에게 가장 아름다운 새 천사를 갖게 되었다고 말해주고 싶다. 더군다나

"네가 더 나이가 들면 '손이 두 개'라는 걸 발견한 다. 한 손은 너 자신을 돕는 손이고 다른 한 손은 다른 사람을 돕는 손이다"

라는 그녀의 아름다운 마음은, 또 하나의 소중한 아름다움 이 되지 않을까? 헵번 스타일 쇼트커트 헤어를 세계적으로 유행 시켰던 요정미인. 어느 누가 그녀 앞에서 여성의 미모를 논할 수 있을까?

아무튼 그녀는 세계 각국의 극빈곤층 어린이들을 돌보며, 자기의 인생후반을 멋있게 살아온 진정한 천사임을 명심해야 할 것이다.

신판 공공의 적

― 왜 우리는 깨끗하게 살지 못하는가? ―

오래전 중학시절 도덕시간에 있었던 일이다. 후덕하게 생긴 얼굴에 흰머리가 멋있게 어울리는 선생님께서 슬리퍼를 신고 교실에 들어섰다. 학생들은 명색이 도덕시간이라 다른 수업시간보다 긴장이 되는 듯 각자 자세가 반듯하고 신중하다.

선생님께서 출석을 부르고 나서는, 평소와 달리 호주머니에서 하얀 손수건을 꺼내 든다. 그리고는 가래침을 퉤! 하고 받아 접은 후, 도로 호주머니에 넣고 말을 시작한다. 학생들은 당황한 듯 주의 깊게 한 말씀 한 말씀 귀담아 듣는다.

그 당시에는 워낙 길거리에 침을 아무 데나 뱉는 사람들이 많았다. 그래서 앞으로 절대 침을 뱉지 말라고 하는 은연중 경각심을 불러일으키기 위한 시연試演이었던 거다.

어느 대학 앞에 재미나는 거리 하나가 생겼다. 일명 '바보 사거리'울산대학교 정문 건너편 언덕배기라는 곳이다. 그 사거리에 들어서서 먹자골목으로 가려고 하면, 어느 쪽으로 가야 할지 바보처럼 방향 감각을 잃어버리게 된다는 의미에서 생긴 말이다.

이곳에서 좀 떨어져 사는 나에게는 아침산책을 겸해 자주 왕래하는 길이어서 저절로 관심이 가는 장소이기도 하다. 오전 7시경의 모습. 길바닥에는 일회용 라면그릇에서부터 담배꽁초, 광고전단지, 술병 등 그야말로 쓰레기장을 방불케 한다. 또 학교 담장을 끼고 있는 으쓱한 담벼락에도 마찬가지다.

오래전 몇 년간 동경 신주쿠 주택가에 자리를 얻어 살았던 적이 있다. 그곳은 일본의 평범한 가정들이 많이 밀집하여 사는 동네여서, 다른 곳보다 일본의 모습을 객관적으로 평가하는 데 안성맞춤이었다. 유난히 눈에 띄는 것은 휴지조각 하나 찾아볼 수 없다는 점이다. 특히 비가 온 후 골목길을 걸어가 보면 집집마다 출입구에는 작은 화분이 가지런히 놓여 있고 모든 동네 골목길은 깨끗하기 그지없다. 더욱이 아스팔트 위에 그려진 백색의 도로표지 글자모양은 예술적인 분위기마저 든다.

동경 중심지에서 동북쪽으로 40분 정도 전철을 타고 가면 '디즈니랜드'라는 레저 타운이 나온다. 미국의 디즈니랜드를 흉내 내어 만든 일본풍의 테마파크다. 구내에는 군데군데 많은 휴식공간이 있고 벤치도 여기저기에 놓여 있어 관광객들은 즐겁고 편안하게 보낼 수 있다. 눈에 들어오는 것은 역시 깨끗함이다. 길바닥에 휴지나 과자 부스러기 하나가 떨어져 있기만 하면 관리원이 쏜살같이 달려온다. 그리고는 휴대용 집게로 주워 쓰레기통에 담는다.

2006년 '외국인이 뽑은 아시아에서 가장 살기 좋은 도시'로 싱가포르가 뽑혔던 적이 있다. 이 나라가 깨끗하고 살기 좋은 나라가 된 것은 인권유린이라는 말도 있지만 태형笞刑제도를 시행해 무섭게 제압했기 때문이다.

간단히 소개하자면, 사다리모양 나무형틀에 사람이 엎드려 있다. 움직이지 못하도록 팔다리가 묶여 있고, 엉덩이 부분은 옷을 벗겨 맨살이 드러나 있다. 그 옆에서 건장한 교도관이 온 힘을 다해 가늘고 긴 등나무 회초리로 내려친다. 비명소리와 함께 살이 찢기고 피가 흐른다……. 끔찍한 고통이 따르는 체벌이다.

화제를 잠시 바꾸자. 농촌의 가난한 아들로 태어나 구두닦이, 신문팔이를 하며 독학으로 공부한 '류태영'1936~ 박사가 있다. 젊었을 때 덴마크 국왕의 초청을 받아 유학했고 이스라엘 정신문화의 원천인 탈무드Talmud의 독특한 교육방법과 철학을 연구한 한국의 독보적인 농업전문가다.

한때 청와대에 초청받아 대통령부처 앞에서 새마을운동의 효시가 된 덴마크의 선진농업방식을 직접 설명하여 큰 감동을 불러일으킨 적이 있다. 그는 또 이스라엘 협동농장의 운영방식을 연구하면서 근면, 자조, 협동 3대 정신을 모토로 하는 새마을운동의 토대를 닦은 행동학자다.

그렇다면 이러한 운동을 이제 새삼스러이 우리의 '도시' 구석구석에 적용해보면 어떨까? 더 이상 우리는 쓰레기와 침을 아무 곳에나 버리는 그런 공공의 적이 되지 않았으면 하는 마음 간절하다. 바야흐로 우리도 1996년 OECD 가맹국이 됐고 88올림픽과 2002년 월드컵과 2018년 평창동계올림픽을 성공리에 개최해 국위를 선양한 저력 있는 민족이지 않은가! 더욱이 1인당 GNP도 3만 달러를 넘어선 근면하고 우수한 민족이지 않은가!

지금이야말로 스스로 행동을 양심적이고 도덕적인 자세를 가지면서 살아가야 한다. 나아가 도시 새마을운동을 전개해 깨끗하고 행복한 나라로 만들어야 할 시점이다. 그렇지 않으면 마지못해 싱가포르와 같은 태형을 도입해야 되는 건지? 이제 이 두 가지 중 하나를 선택해야 할 중요한 시점이 왔다고 본다.

담배와 꿀밤 한 대

– '도덕 재무장운동'을 시작하자! –

청소년시절 대학입시 실패로 한동안 슬럼프에 빠진 일이 있다. 삼수생이 됐다는 부끄러움도 있지만 몇 년 동안 입시준비에 열중한 것이 너무 아까워서였다.

그래서 담배라는 것에 손을 댔다. 그 당시 '솔' 인지 '청자'인지 담배 한 갑과 성냥 하나를 사서 피우기 시작한 거다. 처음에는 어떻게 피우는지도 모르고 뻐금뻐금거리며 피워댔다. 장난기 있는 친구가 그것을 보고 담배는 그렇게 피우면 안 된다며 깊게 한번 빨아보라는 거였다. 그랬더니 머리가 빙글빙글 돌고 메스껍기 시작했다. 도저히 참을 수 없어 그 당시 만병에 통치약인 가스

명수실은 위장약를 사 마시고 생명을 구제했다. 이것이 나의 흡연 초창기 투쟁모습이다. 그리고 장장 수십 년을 피워댔다.

대학에 들어간 후 학창시절을 겪으면서 줄곧 흡연 애호가로 행세했다. 당시 사회분위기는 지금과는 달리 거의 흡연천국이었을 정도로 만연했다. 식당, 목욕탕, 영화관, 화장실은 물론이고 공원, 기차, 버스 안에서도 흡연할 수 있었으니 진짜 흡연 민주공화국이었다. 지금은 금연한 지 21년차로 다행이 건강에는 아무런 문제없이 튼튼하게 잘 살아가고 있다.

꽤 오래전이다. 나는 석사과정이 끝나자 운 좋게 강의를 많이 받게 되어 이 대학 저 대학 장소에 구애받지 않고 주 34시간을 해냈다. 용기 있고 에너지 넘치는 젊은 강사였던 것 같다.

그중 어느 대학의 야간강의 10분 휴식시간이었을 때였다. "선생님, 담배 하나 얻을 수 있을까요?" 뜬금없는 질문을 받았다. 이건 무슨 소리? 기가 차고 혀가 차고 어이가 없어서 그냥 아무런 대꾸 없이 지나쳤다. 아무리 어리게 보이는 대학강사이지만 선생님한테……. 세상이 무너지는 것 같았다. 지금 생각하면 왜 그때 가만히 참고 있었는지…….

지금 우리 사회는 어떤가? 누구의 잘 잘못은 고사하고 훈계를 할라치면, 살기殺氣가 도는 세상이 아닌가? 가만히 둘 수밖에 없는 일인지…….

한때 대구에서 발생한 '수박 패륜남' 사건이 기억에 남는
다. 10대 후반의 청소년이 친구에게 "(사진을) 찍고 있나?"라며, 과
일노점상으로 걸어가 수박 한 통을 집어 들고 몇 걸음 걸어가 발
로 차서 산산이 부셔버린다……. 기가 막힌다. 도대체 이게 뭔가?
개인의 욕심 때문인가 사회의 방관인가?

또 다른 이야기다. 몇 년 전 순천에서 있었던 유사한 사건
이다. 고등학교 학생이 흡연 등으로 학교에서 교내봉사 처분을
받았다. 반성의 기미가 전혀 보이지 않자 노인시설 요양원의 봉
사활동에 투입시켰다.

여기서 일어난 소위 '무개념 패륜아 고딩사건'이다. 즉, 할
머니 환자께 반말을 하면서 모욕적인 행동을 SNS에 자랑삼아 올
렸던 거다. 힘없고 거동이 불편한 할머니에게 하는 말이다.

"여봐라! 네 이놈! 당장 일어나지 못할까? 무릎을
꿇어라! 이게 너와 나의 눈높이다"

라고 내뱉는 것이다. 그리고 그것을 장난삼아 친구들이 동
영상으로 찍어 올렸다. 해괴망측한 짓을 한 거다.

이번에는 경우가 좀 다른 '프로 농구선수의 훈계사건'이다. 농구선수인 그도 중·고등학교를 다닐 때 꽤나 문제아로 보냈다. 어느 날 학교 운동장에 있는 농구골대를 유심히 쳐다보고선 마음을 고쳐먹기로 했다고 한다. 지금은 개과천선해 훌륭한 직업인이자 농구스타로 활약하고 있는데…….

내용인즉, 서울 목동의 한 공원에 남녀 중·고등학생 5명이 오토바이를 몰고 와 담배를 물고 그들의 속어로 지껄이고 있었다. 그것을 본 그는 도저히 참을 수 없어 머리에 꿀밤 한 대씩 쥐어박았다. 그것을 그들의 부모가 고발한 사건이다.

판결 결과 벌금 100만 원에 집행유예를 선고받았던 허탈한 사건이다. 그 농구선수가 폭력을 쓴 것은 잘못이지만 불의를 보고 훈계를 한 점은 잘한 일이 아닌가?

불의를 보고도 훈계할 수 없으니 참 무섭기도 하다. 도덕과 인성이 한꺼번에 무너지는 여러 장면을 보고 있으면 정말 강력한 대책이 요구될 때다.

다시 '도덕 재무장운동'을 본격적으로 시작하면 어떤가? 1938년 미국인 부크맨F. Buchman, 1878~1961이 런던에서 처음으로 제창했다고 하는 MRAMoral Re-Armament 운동 말이다. 다시 말하면, 인류문명을 물질의 힘보다 정신적·도덕적 힘이나 양심적·인격적인 힘으로 발전시키려는 운동이다.

요즈음 세상은 무엇이 바르고 무엇이 그른지 판단이 되지 않을 정도다. 그냥 자기가 하는 일만 하고 조용히 살아가면 되는 건지 심각히 고민해야 될 것 같다. 세태가 무서워 말도 하지 않아서야 되겠는가? 누군가 반드시 훈계하고 교육시켜야 할 사회임에 틀림없다. 지금이야말로 기성세대가 뭉쳐 대처해야 할 때가 아닌가?

'인내'라는 값진 것

– 강한 인내는 보물덩어리야! –

나는 어린 학생 같이 늘 등에 가방을 메고 다 닌다. 요즈음은 남녀노소 가리지 않고 등에 가방을 메는 것이 대세다. 다른 것은 차치하고라도 편하기 그지없다.

그런대로 남 보기에 남루하지 않은 뉴패션의 캐주얼 가방을 멘다는 것이 즐겁다. 오랫동안이어서 그런지 이제는 습관이 된 듯 당당하고 자연스럽다. 두 팔을 흔들면서 걸어가는 것이 나름대로 건강을 유지하는 데 최고의 방법이라는 것을 내심 생각하기 때문이다.

출퇴근길 동네 주위를 걸어가다 보면 여러 모습이 목격된다. 건너편 건널목의 신호등에 빨간불이 켜져 있다. 이때는 어느누구도 기다려야 할 의무적인 시간이다. 기다리는 보행자는 다섯명. 잠시 후 파란불로 바뀌었다. 횡단보도를 건너는데 그중 남녀네 명은 아무렇지 않은 듯 대각선으로 건너가 버린다. 나만 기역자(ㄱ)로 바르게 건너고 있으니 내가 법을 어기는가 하는 생각이들 정도다. 그들은 분명 조금도 '인내'할 줄 모르는 사람들이다.

'인내'忍耐를 사전에서 찾아보면, 괴로움이나 어려움을 참고 견딘다는 말이다. 그것과 비슷한 말에는 '수련, 수행, 자제, 억제, 극복, 내인, 내구, 감내'라는 말까지 나열돼 있다.

인내의 대표적 예는 불교에서 찾아볼 수 있다. '안거'安居라는 수행제도인데 음력 10월 보름부터 정월 보름까지와 4월 보름부터 7월 보름까지이다. 1년에 3개월간씩 두 차례다. 각각 '동안거'와 '하안거'라 하여 산문 출입을 자제하고 수행에만 정진하는것이라 한다. 원래는 출가한 수행자들이 한곳에 머무르지 않고돌아다니면서 생활하는 것이었다. 그러나 우기雨期에 땅속에서벌레들이 기어 나와 밟혀 죽을 수도 있어 돌아다니기 곤란했다. 그런 연유로 이 제도가 행해진 것이다.

지난주에 너무 놀라운 일을 봤다. 시내에서 일을 보고 버스를 타고 귀가하는 길이다. 러시아워라 버스에는 승객들도 제법 있었다. 운전하는 기사는 보아하니 30세가 조금 지난 젊은 운전기사다. 위험하게도 이어폰을 낀 채 상대와 계속 통화를 하는 거다.

개인생활에서부터 세상이야기까지 마치 종편TV의 패널이 말하듯 토론식 대화법이다. 장장 30분 동안을 통화하면서 운전하는 데 정말 가관이었다. 하루 일과가 끝나고 귀가하는 승객들은 마지못해 들을 수밖에 없는 상황……. 이 운전기사는 최소한의 운전규칙이나 소양교육도 배우지 못한 것 같다. 종착역에 도착해서 하면 될 것인데 '인내심'이라곤 털끝만큼도 없이 무서운 일을 펼친 거다.

한 가지 더 보태어 이야기하자. 어제는 오래간만에 생맥주를 파는 호프집에서 친구와 함께 술잔을 기울였다. 재미나는 세상살이 이야기를 하고 있는데, 옆자리에 네 명의 손님이 긴장한 듯 자리에 앉아 있다. 한가한 사람이라 치부할지 모르지만 저절로 옆자리의 술판에 관심이 가게 됐다.

상황을 알고 보니 시간이 잠시 흐른 후 무슨 영문인지 화가 난 남자가 갑자기 언성을 높여가며 말하는 것이 아닌가? 언행이 마치 조폭이나 다름없다. 테이블 위에다 술잔을 빙빙 돌려가면서 상대를 향해 연거푸 말을 쏘아댄다. 아무래도 큰 사건이 벌어질 것 같은 모양새다.

다행히 착하게 순응하고 있는 상대는 어딜 보아도 손윗사람인 듯 그래도 점잖은 품위를 취하고 있다. 내구력이 강한지 그렇게 모진 말을 해도 참는 것을 보니 상당한 감내의 소유자다.

아니 사찰에서 몇 년간 수양한 좌선훈련과 명상요법에 달인이 된 듯한 사람이다. 모질게 말하는 그 사람은 너무나 비인간적인 반면, 거친 말을 자연스레 듣고 있는 인내자는 비폭력자 만델라N. Mandela, 1918~2013 같다. 누가 승리자인지는 삼척동자도 다 알 수 있을 테다.

17세기 프랑스의 우화작가 라퐁텐La Fontaine, 1621~1695은 '인내하면서 시간을 생각하면, 힘이나 노여움이 이루는 것 이상의 모든 것을 성취할 수 있다'고 했다. '인내심'이 강하다는 것은 우리들의 정신 속에 숨어 있는 보물덩어리와 뭐가 다르겠나.

재벌가의 세 딸

– 아름다운 '노블리스 오블리제' –

　　고등학교 때 이야기다. 어느 날 점심 휴식시간. 저 멀리 교정 입구에 3명의 선배 공군사관 생도가 위풍당당하게 교실 쪽으로 걸어오고 있었다. 그들 어깨에 걸쳐진 파란 망토가 바람에 날려 빨강 파랑색으로 펄럭이면서 교차했다.

　　그 모습이 너무 멋져 당시 고3이었던 나는 순간적으로 저런 씩씩하고 멋진 사관생도가 되겠다고 결심했다. 그때는 선배들이 사관학교를 홍보하기 위해 모교를 방문하는 것이 하나의 관례처럼 돼 있었다.

　　그래서 중학교 단짝친구와 공사시험을 봤다. 결과는 필기

시험 통과, 신체검사 불합격이었다. 조종사가 되기 위한 10가지 정밀 안과검사에서 한 가지가 탈락한 것이다.

몇 년 전 SK그룹 회장 둘째 딸의 해군장교 임관이 화제였다. 외조부인 노태우대통령의 뒤를 이어 군인의 길을 걷기 위해 11주에 걸친 교육과정을 마쳤다. 해군 소위계급장을 단 그녀는 14주 동안 함정교육을 이수한 후 함정에 배치되었다.

통상 재계 총수 일가의 여성들은 그룹 내 사업체를 물려받거나 명품 숍, 갤러리 등을 운영하는 것과 달리 그녀의 행보는 노블리스 오블리주Nobless Oblige의 새로운 전형으로 신선한 화제가 된 것이다.

학창시절부터 중국에서 국제학교가 아닌 일반 중고등학교를 다닌 그녀는 베이징대 입학 후 부모로부터 경제적 지원을 거의 받지 않았다. 사설학원, 레스토랑, 편의점 등에서 아르바이트를 하면서 생활비를 벌 만큼 자립심이 뛰어나고 검소했다.

특히 대학시절 소수민족들에게 일자리를 제공하는 사회적 기업 활동도 병행해 화제가 되어 주위사람들에게 좋은 평판을 받은 재벌가의 딸이다.

또 하나의 아름다운 선행이다. 올해 초 딸의 졸업식으로 서울에 다녀온 적이 있다. 오랜만의 가족모임이라 겸사하여 맛있는 음식을 먹으러 남산 자락에 있는 S호텔에 들어섰다.

커피숍에서 여유로이 앉아 있는데 갑자기 '펑' 하는 소리가 났다. 순간 출입구 회전문이 찌그러지면서 유리창 깨지는 소리가 소스라치게 들렸다. 이 사고로 몇 명이 다쳤지만 다행히 사망자는 없었다. 나중에 알고 보니 82세 고령의 할아버지 택시기사의 부주의로 인한 급발진 사고였다. 그날도 뇌경색으로 쓰러진 아내의 치료비를 마련하기 위해 돈벌이를 하던 중이었다.

그러나 형편이 어려운 이 할아버지한테 주어진 사고 변상금은 놀랍게도 5억 원. 큰일이었다.

재벌가의 딸은 임원을 시켜 집을 방문하여 상황을 보고하라고 했다. 주소를 찾기 어려울 만큼 낡은 어느 빌라의 반지하층에 몸이 성치 않은 할머니가 홀로 누워 있었다. 이 안타까운 소식을 들은 오너는, 나중 변상금을 모두 변제해주었다고 한다.

이와는 다른 이야기다. K항공회사의 딸에 관한 사건이다. 미국공항에서 이륙하려던 비행기가 예정시간보다 늦게 출발했다. 이유는 일등석에 타고 있던 그녀에게 서비스로 제공되는 견과류를 봉지 채 뜯지 않고 내놓은 것이 사건의 화근이었다.

사무장과 서비스 문제로 언쟁이 벌어지자, 화가 난 그녀는 그를 당장 비행기에서 내리라고 소리쳤다. 이륙하려고 준비하던 비행기가 견인차에 이끌려 회차하는 어처구니없는 대사건이다. 간혹 정비문제나 승객 안전문제로 회항하는 경우는 있지만, 개인적인 일로 견인차에 이끌려 돌아오는 경우는 항공법상 있을 수 없다. 재벌 오너의 귀감이 되는 태도이기는커녕 국제적 망신살을 자초한 부끄러운 예다.

이 같은 가진 자의 횡포도 있지만, 노블리스 오블리제의 새로운 전형이 되는 일들도 많다. 모든 분야에서 귀감이 되는 선행이 계속 이어지면 밝은 사회가 될 것이다.

용감한 녀석들

─ 약속, 책임감, 의지력은 바로 성공의 열쇠이지요! ─

　　나는 문수산 아래에 위치한 직장에서 그다지 멀지않은 곳에 산다. 그래서 그 산을 자주 올라간다. 올라가다 보면, SF공상과학 영화에 나오는 것과 닮은 둥글고 큰 망원경 하나가 우람하게 보인다. 그것은 울산대학교 천문대에 자리 잡고 있는 지름 21m의 엄청난 규모의 전파망원경KVN이다.

　　아침에 한쪽으로 기울어 있으면 오후에는 반대편으로 기울어져 하늘을 향하고 있다. 오늘밤에도 아마 하늘을 쳐다보고 수많은 별들을 향하여 우주의 신비를 관찰할 것이다.

　　이 큰 망원경을 보니 인류가 처음으로 달나라를 밟은 역사적인 날이 생각난다. 1969년 7월 21일 닐 암스트롱Neil Armstrong은 달 표면을 처음으로 밟은 후,

> "이것은 한 명의 인간에게 있어서는 작은 한 걸음
> 이지만, 인류에게 있어서는 위대한 비약이다"

라는 유명한 말을 남겼다.

제트기 조종사로 한국전쟁 때 참전 경험이 있는 그는, 어릴 때부터 호기심이 많았고 하늘에 대한 궁금증도 너무나 많았다. 친구들에게는 장래 멋진 비행사가 되겠다고 '약속'을 했고 그래서 비행기에 대해 열심히 공부했다.

그 후 해군 비행사가 된 후 어느 날, 소련에서 우주여행을 한다는 놀라운 소식을 접하고 NASA에 들어가 우주선 비행사가 됐다. 혹독한 훈련 때문에 비행사를 포기하고 싶었다. 그럴 때마다 친구들에게 했던 어릴 때의 '약속'을 떠올리면서 어떠한 위험을 감수하더라도 강인한 용기로 이겨냈다.

나중 그가 무사히 달에 도착할 수 있었던 것은 다름 아닌 '약속'과 '책임감'이었다.

공교롭게도 그와 이름이 같은 랜스 암스트롱Lance A.이라는 사이클 선수가 있다.

매년 7월이 되면 프랑스에서는 세계최고 권위의 도로사이클대회 투르 드 프랑스Tour de France가 열린다. 온통 흥분의 도가니에 휩싸인다. 올해 105회째를 맞는 이 대회는 20일 동안이나 알프스 산맥을 포함해 프랑스 전역과 스위스·독일을 거쳐 약 4천km의 20개 구간을 달리는 대회다.

천국의 풍경에서 펼쳐지는 지옥의 레이스라는 표현이 적합할 것이다. 인간 한계의 도전이지만 알프스의 눈 덮인 산과 군데군데 코발트 색깔의 호수를 넘는 고산지대 풍경은 한 폭의 그림같이 매우 환상적이다. 유럽에서는 월드컵축구 못지않게 높은 인기를 누리고 있는데 사이클 선수라면 누구나 이 대회에 참가하는 것을 최고의 영광으로 생각한다.

강조하고 싶은 것은, 무엇보다 이 대회에서 '인간승리'의 감동을 전해준 미국의 랜스 암스트롱 선수이다. 고환암 판정을 받은 그는 고환을 제거한 데 이어 뇌까지 전이된 암세포를 도려내는 큰 수술을 받았다. 생존율 절반에 승부를 건 그는 생과 사를 넘나드는 3년여의 투병생활을 마치고 1999년부터 연속 7회나 우승하는 대신화大神話를 이룬 장본인이다.

그는 "레이스는 언제나 연극 이상의 극적인 아름다움을 만들어낼 수 있다"고 자신만만하게 자기 의지를 말했다.

그뿐만이 아니다. 같은 이름인 루이 암스트롱Louis A.도 화제로 올릴 수 있다. 위대한 트럼펫 주자이며 재즈계의 대부인 그에게는 유명한 팝송 '이 얼마나 멋진 세상인가!' What A Wonderful World 라는 노래가 있다. 여기에는 그의 중저음의 거친 목소리에 담긴 천진스러움과 열정이 전율을 느낄 정도로 아름다운 선율과 혼합되어 있다.

그는 뉴올리언스의 가난한 지역에서 자라 돈을 벌기 위해 거리에서 노래를 불렀고, 새해 전야를 자축하는 기분에 총을 쏘다가 체포돼 소년원에 수용되었다. 그곳 생활은 엄격하고 힘들었지만 악기와의 만남이 그의 고독을 구원해주었다.

그가 소년원밴드에 들어간 어느 날, 그곳의 기상과 소등을 알려주는 나팔수가 갑자기 출소하게 돼 그 일을 대신 맡게 됐다. 다행히 그의 나팔소리에 모두들 즐거운 마음으로 기상하고 매우 편안한 기분으로 잠들 수 있었다. 이 계기로 소년원에서 장래 트럼펫 연주자가 되겠다고 결심한다. 아니나 다를까 자기의 입술을 찢어버리는 강한 '의지'의 사나이가 된다.

어릴 때 친구들에게 이야기한 '약속'을 강인한 용기와 책임감으로 인류 최초의 달나라 착륙이라는 신기원을 세운 닐 암스트롱, 암에 걸려 뇌까지 전이된 몸을 수술 후 사이클로 치유한 랜스, 좋은 환경은 아니지만 강인한 의지로 난관을 극복한 재즈계의 대부 루이, 이들을 통하여 우리는 약속, 책임감, 의지력이 얼마나 우리들의 삶에 중요한 부분을 차지하는 것인지 깊이 깨달아야 할 것이다.

그들이야말로 정말 한때 유행했던 인기 개그프로의 '용감한 녀석들'이다.

그래도 살맛나는 세상

– 미시족 아줌마! 고마워요! –

나는 시간 여유가 있으면 학교 앞에서 출발하는 버스를 타고 자주 시내나 시 외곽 쪽으로 무작정 떠나본다. 출근할 때도 집이 직장 근방이라 좀처럼 차를 타지 않는다. 조금 먼 곳이라도 볼일이 있으면 걷기를 우선한다.

어느 신바람 박사가 입버릇처럼 말하는 '자가용차는 영구차요, 두 다리는 의사'라는 명언이 더욱 생각나기 때문이다.

어느 날 버스를 타고 시내로 가는데 초행길이라 버스 운전기사에게 잠깐 물어봤다. "기사 아저씨! 잘 몰라서 묻습니다. 다음 정거장이 군청 앞입니까?"라고 했다. 그러니까 기사가 눈을 부릅뜨고서 "안내방송을 들어보시요!"라고 아예 귀찮은 듯 대답한다.

시 중심가 법원에서 볼일을 보고 다시 돌아오는 길에도 버스를 탔다. 나는 늘 교통버스카드를 구입하여 편리하게 사용한다. 그날따라 교통카드에 잔액이 얼마 없어 불안한 마음으로 버스에 올랐던 게 화근이었다.

아니나 다를까 기계에 갖다 대니 그야말로 얼마 남아 있지 않은 금액이 나왔다. "요금이 부족합니다"라고 기계가 말하는 순간, 나도 모르게 오천 원짜리 지폐를 덥석 넣어버렸던 것이다.

기사는 "이러면 어떻게 해요!"라고 큰소리쳤다.

너무 당황하고 어찌할 바를 몰라 그냥 버스 안에서 멍하니 서 있었다. 마침 옆에 앉아 있던 미시족 아주머니가 그 광경을 보고 딱하게 생각했는지 버스요금을 대신 요금통에 넣어주는 것이 아닌가! 그래서 상황은 일단 끝이 났다.

이렇게 무지막지하고 친절하지 못한 운전기사가 있는 한, 우리의 교통문화가 즐거워질 수 있을까 실망하면서도 다른 한편으로 밝고 선한 사람도 있으니 그래도 살맛나는 세상이다.

연구원 시절 일본 동경에 살면서 거의 매일 운동을 했다. 운동이라고 해봐야 특별히 어떤 골프회원이나 운동프로그램에 가입하여 돈을 투자한 것도 아니다. 그저 걸어 다니는 것 자체가 훌륭한 운동이라 생각하고 기본적인 건강을 관리했던 것 같다.

오전에는 연구실에서 관련자료를 수집 검토하고 오후에는 아내와 더불어 집을 출발했다. 동서남북으로 하루 한 번씩 행선지를 바꾸어 걷는 것이 매력적이었다. 모처럼의 해외생활이라 관광을 겸하면서, 세계적인 도시, 동경의 모습이 어떤지 관찰을 하면서 건강도 챙겨보는 소박한 생각이었다.

동경의 버스는 도시형 저상低床버스로 냉난방이 제법 잘 되어 있다. 출퇴근 시간은 분명 러시아워인데도 생각보다 그렇게 붐비지 않았다. 동경의 버스는 운행하는 코스가 짧은 것이 특징이다. 운행 도중에는 승객이 서 있는 채로 타고 갈 수 없고 반드시 버스가 정차한 후 승객이 내리는 시스템이다.

또한 운전수 원맨ワンマン으로 운영하고 회사 고유의 유니폼에 모자를 쓰고 있다. 모자 밑에는 소형 콤팩트 마이크가 달려 있어 직접 안내방송도 한다.

특이한 점은, 운전기사가 방송을 할 때에는 승객에게 폐가 되지 않도록 조용조용 말하는 것인데 하물며 과속은 절대 있을 수 없는 일이다. 최대한 승객들에게 편리하고 안락함을 준다는 고객위주의 서비스 정신이 철저한 편이다.

몇 년 전 유럽을 대표하는 봉우리인 스위스 융프라우 Jungfraujoch 행 빨간 산악열차를 타본 적이 있다. 융프라우로 올라가면서 양쪽으로 아름다운 경치가 펼쳐지는데 도착지로 향하기까지는 그야말로 유토피아 열차를 탄 느낌이다.

중간 중간에 코발트색 호수가 있는가 하면 가까이에는 눈 덮인 거대한 고봉의 산도 있다. 산 아래 언덕 쪽은 잔디를 깔아 놓은 듯 그야말로 비단결 같고 초록물감을 칠한 수채화 같다. 그 위에는 휘색 초콜릿색 문양의 젓소들이, 군데군데 무리 지어 한가하게 풀을 뜯어먹는 장면은 가히 목가적이고 평온 그 자체이다.

바야흐로 우리도 이젠 선진국 대열에 들어설 수 있는 여건이 탄탄히 되어 있지 않은가? 왜 우리는 이러한 유토피아 같은 환경에서 살 수 없는지 잠시 세상을 원망해보기도 한다.

서민이 이용하는 대중 교통수단 버스. 여기에는 반드시 시정해야 할 것이 있다. 먼저 운전기사는 승객에게 불친절하게 대하지 않았으면 한다. 회사의 유니폼을 반드시 입고 운행하였으면 한다. 때때로 운전기사의 핸드폰 대화소리가 너무 커 승객이 불안감을 느끼게 해서는 안 될 것이다. 무엇보다 고쳐야 할 것은 뿌리 깊이 박혀 있는 '과속'이다.

운전교육은 엄하게 해야!

- 허무하기 짝이 없는 교통사고 -

인류가 최초로 기록한 자동차 교통사고는 1899년으로 꽤 오래됐다. 원인은 6명의 탑승자 중 2명이 사망한 사고로, 운전자는 음주운전에다 도로는 급한 내리막 곡선부였다. 또 바퀴의 물리적 구조가 제동 하중을 견디지 못한 채 승차정원까지 초과했기 때문이다. 다시 말해 자동차, 운전자, 도로시설의 문제가 복합적으로 연관된 사고라 할 수 있다.

이것을 시작으로 세계에서는 수많은 교통사고가 발생했고, 이를 방지하기 위해 인간의 심리와 신체적 특성, 교통사고의 통계, 관련제도, 도로와 자동차의 특성 등에 관심을 가지며 개선

하기 시작했다.

어느 날 종편 TV 프로를 보고 깜짝 놀란 적이 있다. 중국인들이 한국에 관광을 오는데 '운전면허'를 따러 온다는 것이다. 그것도 3박 4일 단기코스다. 그들이 한국에 몰려오는 이유는 대개 다음과 같다.

첫째, 한국의 격조 높은 고급 백화점에서 쇼핑해보는 것. 둘째, 아이돌이나 걸 그룹이 부르는 K팝 등 한류문화를 접촉하기 위해서고, 게다가 덤으로 운전면허를 3박 4일 동안에 속전속결로 딸 수 있는 절호의 찬스이기 때문이다.

중국에서는 최근 면허취득 요건이 옛날보다 대폭 강화됐다. 면허시험을 보려면 78시간의 교습을 받아야 하고 교습비용만도 68만 원을 내야 한다. 또 규정시간만큼 받았다는 증명의 지문을 입력해야 하는 귀찮은 절차가 남아 있다.

그것에 비해 한국은 2011년 내국인은 물론 외국인에 대한 요건을 완화했으니 그들이 면허취득을 위해 관광을 올 만도 하다. 교습시간이 13시간으로 짧고 교습비용도 45만 원으로 싼 편이다. 기능시험은 물론 도로주행시험도 쉬워 하루 만에 딸 수 있어서 그들의 면허관광은 눈에 띄게 증가했다. 그래서 정부는 2016년 9월 운전면허 필기시험의 난이도를 높였고 '기능시험 강화'에 대한 구체적 방안도 내놓았다.

'교통안전'이란 교통사고의 빈도나 심각도를 줄이는 방법과 이론, 제도를 연구하여 적용하는 교통공학交通工學의 한 분야이다. 그런데 교통사고의 원인을 크게 구분하면 사람의 과실, 주변 조건과 환경의 불량, 수송체의 결함 등으로 나눈다. 간단히 말해 주관적인 운전자가 객관적인 주변환경, 수송체의 상태를 파악하지 못하여 일어나는 것이 교통사고다.

　세상에 운전면허교육의 '강화'보다 중요한 일이 또 있을까. '운전'은 곧 생명을 담보로 하는 일이다. 교통사고로 행복한 일가족이 어느 날 갑작이 붕괴되는 일은 허무하기 짝이 없고 국가적으로도 큰 손실이다.

　이 기회에 운전면허 취득에 둘러싼 적폐를 깡그리 일소해야 할 것이다. 죽음은 누가 대신 보상해주는 것이 아니다. 따끔한 '죽비'로 때려서라도 완벽한 면허교육을 시행해야 한다.

　'운전면허 교육'이야말로 엄중해야 하며 이것은 왈가왈부할 대상이 아니다. 왜냐 하면 우리들의 목표는 '행복'이기 때문이다.

백팩과 족발
- 그것은 아빠의 마음이야! -

오랜만에 그는 가방 하나를 샀다. 등에 메는 '등 가방'이다. '등 가방'을 영어로 옮기면 '백팩'Back Pack이라 하니까 이렇게 얘기하면 어떨까. 현대적 감각도 있을 것 같아 이 명칭으로 부르려고 한다. 알기 쉽게 말하면 초딩같이 양 어깨에 메고 다니는 등 가방 말이다. 양손을 흔들면서 걸을 수 있으니까 운동도 되고 행동이 민첩해지기도 해서 일거양득이다.

가방은 주로 손에 들고 다니는 것과 한쪽 어깨, 또는 양쪽 어깨에 메고 다니는 것이 있다. 각각 몸에 미치는 운동효과는 전혀 다르고 실용적인 차이도 있다. 손에 들고 다니는 가방과 한쪽 어깨에 메는 가방은 한쪽으로만 의지해야 하니까 어깨에 제법 부담을 준다. 또 눈비가 오는 날에는 보통 번거로운 일이 아니다.

그가 백팩을 새로 구입한 이유는 12년 넘게 사용하고 있는 아웃도어용 백팩이 싫증났기 때문이다.

그보다 더 큰 이유는 명색이 학생을 가르치는 선생님의 입장이다. 신학기 개강 첫날은, 마치 새신랑처럼 넥타이도 메야 되고 신발도 정장구두는 아니지만 발에 편한 캐주얼 신발이라도 신어야 예의가 될 것 같아서다. 그러니까 거기에 어울리는 백팩이면 참 좋을 것 같아서다.

그렇지만 여태 오랫동안 즐겨 사용한 이 아웃도어 백팩은 앞으로도 소중히 보관하여 적재적소에 잘 쓸 예정이다. 먼 곳으로 캠핑이라도 갈 때는 먹을 것, 입을 것, 볼 것을 죄다 담아 가기에 편하기 때문이다. 소중히 보관해야 할 더 큰 이유는 12년이라는 세월의 흔적이 역력히 새겨져 있어 정情 이 많이 배어 있는 점이다.

그 이야기를 좀 들어보자. 일본에 사는 그의 큰딸이 아기를 가졌을 때다. 출산일이 얼마 남지 않아 아이도 낳아야 하고 친정집 엄마가 있는 한국에서 잠시 머물고 싶어 하는 거다.

그런데 출산 한 달 전 어느 날 갑자기 '족발'을 먹고 싶어

하는 것이다. 주지하다시피 평상시의 몸이 아닌 산모의 식욕은 만삭일 때는 왕성하지 않은가. 옛날 이 딸의 친정엄마가 처음 아이를 가졌을 때 점심으로 한순간에 설렁탕 두 그릇을 비운 적도 있었으니까 말이다.

백팩을 메고 '걷기를 좋아하는' 그는 그 말을 듣고 있으려니 측은한 마음이 들었다. 이 기회에 한번 애비로서 할 일을 해보자는 마음이 섰던 것이다.

"그럼 좋아! 걷기를 좋아하는 내가 심부름 한번 할게. 걱정 마! 아버지가 시내에 볼일도 있고 해서 겸사겸사 족발을 사갖고 오면 되잖아……."

족발가게는 그가 살고 있는 동네에 몇 군데 있다. 그러나 울산에서 제법 이름이 있는 맛집이 있다고 하니 이왕 그곳 족발을 사 먹이고 싶어 했다. 이름이 '74족발'이라는 맛집이다. 좀 특이한 명칭이다. 74……. '장충동족발'이나 '할매족발'은 들어봤어도 이런 이름은 생소했다. 지나가다 그 간판을 보면 이름이 재미나 다시 돌아보게 된다.

재미있게도 이 가게 사장님이 태어난 생년이 '1974년'이어서 그렇게 작명을 했다고 한다.

세상에 안 되는 게 어디 있겠는가? 이렇게 하면 다 되는 것 같다. 자신 있게 사업을 성공시켜보겠다는 점주의 의지가 돋보인다.

집에서 그곳까지 걸어가면 그의 걸음으로 1시간 반 정도 걸리는 곳이니까 9키로 정도 된다. 한 20리 가까이 되는 거리다. 걸어가는 주변 경관도 훌륭하다.

이제 울산은 옛날의 공해도시가 아닌지 오래다. 울산의 상징, 태화강과 대나무 숲길이 넓게 펼쳐져 있다. 이제 생태도시로 바뀌어 세계 여러 나라 사람들도 많이 찾는 글로벌 도시가 되었다.

그가 자발적으로 하려는 딸의 심부름은, 그 가게의 돼지족발을 사서 '백팩'에 담아오는 일이다. 아버지가 딸에게 해주고 싶은 것은 값비싼 물건이 아니다. 신경을 써주는 것만으로도 딸은 고맙게 생각할 것이다. 딸을 향한 수고와 마음으로 고마움을 느낀다면 아버지로서 더 이상의 큰 행복이 어디 있을까.

이 족발가게는 정각 오후 3시가 되면 돼지족발이 삶아져 나온다. 삶은 후 1시간 동안 서늘한 곳에서 식혀 조정기간을 거친다. 그냥 먹으면 찰떡같이 붙어버려 맛은 있겠지만 먹기에 불편하다 한다. 그러한 과정을 거쳐야 진정 맛있고 빛깔 좋은 돼지족발이 된다니 놀라울 따름이다. 그러니까 오후 4시경이면 최고의 족발 맛을 느낄 수 있는 순간이 되는 것이다.

"야, 잘 됐어! 그렇다면 아버지가 할 수 있는 최대

한의 목표시간은 바로 4시야. 이 시간을 놓치지 말
고 모든 일을 제쳐버리고 혼신의 힘으로 손에 넣
는 거야!"

족발을 비롯하여 깻잎, 상추, 양파절임, 마늘장아찌, 보쌈
김치 등 기본적으로 제공하는 한 세트의 먹을거리는 두 꾸러미로
나누어 건네받는다.

아무리 걷기를 좋아하는 그이지만 백팩에 담아 돌아올 때
는 또다시 걸어서 올 수 없는 일이다. 버스라도 타고 귀가하는 편
이 현명한 판단이라 생각했다.

계절은 여름철이라 돌아오는 버스 안은 냉방이 잘 되어 기
분이 상쾌했다. 옛날과 비교하면 우리도 이제 향상된 교통서비스
속에 산다. 그런데 아무리 냉방이 잘 된 도시형버스라 하지만 족
발냄새는 날 수밖에…….

돼지라는 가축은 보기보다 매우 청결한 동물이라는 사실
은 익히 우리가 알고 있다. 돼지가 자라는 '우리'축사 안은 명확히
구분되어 있다. 날짐승과는 비교가 되지 않을 정도로 깨끗하다.
화장실, 안방, 식탁이 나름대로 구별되어 있는 것을 보면 둔하기
는커녕 총명하기까지 하다.

그러나 어디까지나 그 총명한 돼지가 식용으로 바뀌면 사정이 달라진다. 쿰쿰한 특유의 냄새가 솔솔 나기 마련이다. 돼지의 비린내를 없애고 식탁에 올리는 일이 인간의 최고 요리기법이 아닐까.

그것은 맛있는 '돼지국밥'의 조리원리에서도 찾을 수 있다. 몇 년 전 '신지식인 상'을 받은 울산의 어느 돼지국밥 사장님도 돼지의 특이한 냄새를 제거하여 명품 맛집으로 탄생시키지 않았나.

앞의 족발집 경우도 마찬가지일 것 같다. 아무리 잘 숙성시켜 냄새를 뺏다 해도 1%의 냄새는 남아 있는 법. 그가 타고 가는 버스 안은 찜통더위 여름철. 특이한 냄새가 10%로 증폭되어 발산하는 것이다. 그는 될 수 있으면 승객들에게 피해를 주지 않기 위해 버스창문을 몇 번이나 열고 닫고 했었다. 버스 승객들의 명코는 이렇게도 정확하다.

> "얼마나 족발이 먹고 싶으면 포장을 해서 집으로 갖고 갈까. 어쩌면 그 사람의 가족 중에 누군가 임신한 여성이 분명히 있을 거라고……."

분명히 맞아 떨어졌다.

집에 도착하여 조용히 백팩을 열었다. 딸의 얼굴을 바라보았다. 너무 행복스러운 얼굴이었다. 딸은 만면에 웃음을 띠고 있었지만 묘한 웃음을 짓는다. 그것은 무엇을 의미할까. 지금까지 탈 없이 자라게 해준 아버지의 고마움이 배어 있었던 것이 아닐까. 딸은 잠시 눈물이 맺히는 듯했다.

아버지는 이렇게 생각한 것 같다.

'친정에서 마음으로나마 편안하게 있고 건강하게
아이를 낳아 너의 길을 가라고…….'

태어나서 18개월 된 손자아이는 이제 아기용 만화영화 호빵맨ァンパンマン을 보면서 그 호빵맨이 추는 춤을 따라 몸을 흔들고 있다. 제대로 중심이 잡히지가 않아 엉거주춤 손뼉을 치면서 춤추는 모습은 정말 귀엽고 사랑스럽다.

손자 녀석은 앞으로 자기의 환상세계를 꿈꾸면서 이 세상을 야심차게 살아갈 것이다.

'여우와 황새'라는 놈

- 데이코쿠帝國 호텔의 놀라운 서비스 정신 -

17세기 프랑스의 대표적 시인이며 우화작가인 라퐁텐La Fontaine, 1621~1695이 있다. 그의 대표작은, 12권으로 된 『우화시집Fables』인데 240여 편의 우화시가 탐스럽게 담겨져 있다. 그는 이 시들을 완전하다고 느껴질 때까지 고치고 고쳐 30년이나 걸렸다고 하니 대단한 역작이다.

그중 익히 알고 있는 '여우와 황새'라는 유명한 우화. 이 둘은 숲속에 살면서 너무나 친하게 지낸다. 서로가 교대로 집으로 초대하여 대접하는 장면이 눈에 뜬다.

그런데 여우에게 긴 호리병에 음식을 담아주는 불편한 모습, 황새에게는 넓적한 접시에 음식을 담아 대접하는 모습은, 상대를 골탕 먹이는 수작으로밖에 볼 수 없다. 서로가 먹기 편하게 음식을 담아주는 것이 기본적인 배려가 아닌가? 배려의 마음이라곤 눈곱만큼도 찾아볼 수 없는 놈들이다.

며칠 전 중학교 주변에서 목격한 일이다. 오후 3, 4시경 하교 길인 듯하다. 교복을 입은 두 명의 여학생이 사이좋게 걸어가고 있다. 한 학생은 키가 크고 한 학생은 키가 작다. 보기에 너무 대조적이라 나에게 유난히 눈에 띈 것 같다. 근처 슈퍼에서 뭔가를 사들고 걸어가면서 먹으려고 하는 것이다. 이 시간은 아무래도 장난기 많은 아이들에게는 배가 고플 시간이니 이해가 간다.

언뜻 보기에 삼각모양의 일본식 김밥 같은 것으로 우리나라에서도 요즈음 젊은이에게 인기 있는 요깃거리다. 반질반질한 종이테를 조용히 벗겨내더니 삼각모양의 비닐을 떼어내 땅바닥에 살포시 떨어트리고는 아무런 공중의식도 없이 태연히 걸어간다. 주위 사람이 주시하는 것 따위 전혀 개의치 않는다.

화제를 아파트 생활로 돌려보자. 무엇을 하기에 이렇게 아래층에 사는 사람의 생활에 피해를 주는가? 도저히 참을 수가 없어 경비아저씨와 함께 위층으로 쳐들어갔다. 사내아이가 둘, 계집아이가 하나, 도합 꼬맹이 세 명이 사는 가족이다.

현관 벨을 눌러 선의의 충고 말을 하니 애비라는 어른이 하는 말이 그렇게 우리 집 애들이 뛰면서 시끄럽게 한 적이 없다고 한다.

심지어 자기들이 한 것이 잘못이 없다며 되레 경비아저씨의 멱살까지 잡아 흔들어댄다. 이것이야말로 요즘말로 멘붕이 아닌가?

동경 중심지에 131년의 역사를 가진 데이코쿠帝國 호텔이 있다. 영국의 엘리자베스 여왕이나 영원한 섹시 심벌 마릴린 먼로 같은 세계적인 귀빈들이 머물렀던 호텔로도 유명하다. 이 호텔에서 30년간 근무한 적이 있는 가나와 유키오 씨는, 그가 쓴 저서 『데이코쿠 호텔帝國ホテル-傳統のおもてなし』에서 고객에 대한 섬세한 배려를 어떻게 하는 건지, 명품 서비스정신이 어떤 것인지 하나하나 설명해놓고 있다.

일례를 보면, 서빙하는 직원이라면 고객이 마시는 찻잔에 유달리 관심을 갖는다. 차를 마실 때 찻잔이 어느 정도 기울어져 있는지 그 찻잔의 기울기를 보고 리필 여부를 판단한다.

그뿐이 아니다. 객실손님이 묵고 떠난 호텔 룸에 깜빡 잊고 두고 간 조그마한 물건은 물론, 손님이 쓰레기통에 버리고 간 휴지종이까지 소중히 보관해둔다. 즉, 고객이 남기고 간 모든 것을 봉지에 그대로 담아 이름·체크아웃 일자 등을 기록하여 매달

아둔다.

놀랍지 않은가!

이렇게 그들은 고객을 위하여 극진히 배려하고 섬기는 오
랜 전통과 서비스 정신이 몸에 가득 배어 있는 것이다.

또 그리코江崎 Glico라는 껌 회사에서 판매하는 특이한 상품
을 하나 소개하자.

껌을 다 씹고 난 뒤 아무 곳에나 버리지 말라는 뜻에서 '매
너 포켓'manner pocket이 부착된 상품이다. 껌을 담아 버릴 수 있는
주머니를 달아 상품화한 것으로 기발한 아이디어의 기호품이다.
이 회사야말로 사회에 대한 배려가 유달리 돋보이는 양심적인 기
업이 아닌가?

심지어 인간의 생활 속 사소한 일까지 배려해주는 손톱깎
이 회사Suwada流도 있다.

이 회사에서 만든 손톱깎이는 값이 비싸지만 장인정신의
극치를 보여주고 있다. 거기에는 사람뿐만 아니라 동물의 발톱도
깎을 수 있는 다양한 것도 있다. 그중 손톱을 깎을 때 손톱이 튀
지 않도록 깎을 수 있는 것도 있으니 실로 일상 구석구석까지 배
려하는 그들의 마음이 놀랍다.

아무런 공중의식이 없는 아이들, 남이야 어떻든 자기만 잘

살면 된다는 사고방식, 명품 서비스 정신이 배어 있는 데이코쿠 호텔, 사소한 일에까지 배려해주는 일본의 기업을 보면서 '진정한 배려'가 무엇인지 생각하게 한다.

○

어느 누구라도 성공하려면 상대방의 말에 '경청'할 줄 알아야 한다. 상대가 이야기하는 말속에는. 원인과 결과가 있고 문제와 해답이 있다. 또한 신뢰와 불신. 교만과 겸손 같은 심오한 말들이 내포돼 있기 때문이다.

2장

당신의 '인생관'이야말로
정말 장하고 말고요!

누가 아름답다 했는가?

– '외형'보다 '본질'을 직시하라! –

헤밍웨이는 세상에서 가장 위대한 작품을 남겼다. 많은 독자가 읽고 있는 『노인과 바다The Old Man and the Sea』(1952), 고독한 영웅주의를 추구한 그 작품의 마지막 장면을 한번 보자.

해변가 배에 묶여 있는 청새치의 앙상한 뼈다귀 모습을 보고, 놀러 나온 관광객들이 모두 환호성을 지른다. "원더풀! 원더풀!" 하면서 말이다. 주인공 '산티아고' 노인은 그 환호성을 듣지 못하고 오두막에서 기진맥진한 채 잠에 빠져 있다. 그러나 그는 아프리카 해변에서 사자의 꿈을 꾸고 있었다.

누가 아름답다 했는가? 노인은 자기의 할 일을 다 했을 뿐이다. 84일째 단 한 마리도 잡지 못한 노인이 드디어 고기를 낚았다. 거대한 '청새치' 놈이다. 이 청새치라는 놈은, 창 모양의 주둥이가 긴 것이 특징인데 낚시에 한번 걸리면 무서울 정도로 반항하는 폭발적인 힘이 있다.

그러나 노인은 앞으로 상어떼 때문에 첩첩산중이다. 끝까지 포기하지 않고 참으며 이틀 밤 동안 사투를 벌이면서 죽을 고비를 넘긴다. 그래도 그는 상어떼에 다 뜯겨버린 '뼈다귀 청새치'를 해변가로 끌고 온다. 외견상 앙상한 모습을 보여주고 있지만, 내면은 사자의 꿈을 꾸고 있는 어부의 강인한 의지, 희망 그리고 그 과정이 얼마나 중요한지를 강렬하게 보여주고 있다.

잠깐 화제를 바꾸자. 세계에서 가장 우수한 말, 우리의 '한글' 이야기다. 한글의 '한'은 큰 글 가운데 오직 하나뿐인 좋은 글이고 온 겨레가 한결같이 써온 글이다. 글 가운데 바른 글, 모난데 없이 둥근 글이라는 훌륭한 의미가 내재돼 있다니 놀랍다.

이러한 '글'의 뜻과 좀 다르지만 우리가 매일 말하는 '말'이란 무엇인지 생각해보자. 간단하게 설명할 수 있겠지만 그리쉬운 일이 아니다. 전문적인 용어로 대답하려면 언어학사전을 열어보면 간단하다. '말'이란 '어형'語形과 '어의'語義로 구성된다고 정의하고 있다. 즉, 어형은 '문자나 음성'을, 어의는 '의미'를 말한다.

좀 폭을 넓혀 '인생'을 예로 들어 설명해보자. '의미'란 우리의 삶에서 교만함이나 편견을 갖지 말고 그 본질을 꿰뚫어보라는 말일 것이다.

'말'에 대하여 정의를 내릴 때, 어형보다 어의가 중요하다는 설명이, 모든 사물을 겉으로만 생각하지 말고 그 본질을 똑바로 파악해야 한다는 것과 다를 바 없다.

유명한 그림 이야기로 설명을 보충하자. 아메리카 대륙의 바로 아래쪽에는 섬들이 많이 있다. 그곳에 '푸에르토리코'라는 나라가 있다. 지금은 미국의 자치령으로 돼 있지만, 스페인으로부터 독립한 나라로 400년 동안 식민지 생활을 했다.

이 나라의 국립박물관에 들어서면, 입구 정면에 눈에 띄는 그림 한 점이 있다. '19금'으로 보호해야 할 그림이다. 이곳 입구에 전시되어 있어 모든 갤러리들을 깜짝 놀라게 한다. 왜냐하면 실오라기 하나만 걸친 발가벗은 노인이 젊은 여자의 젖을 빨고 있으니 말이다. '에로' 그림임에 틀림없다.

사실은 이렇다. 젊은 여자는 딸이고 노인은 독립투사인 아버지다. 거의 죽어가는 아버지의 마지막 임종을 보기 위해, 감옥소로 딸이 직접 찾아간 것이다. 숨을 헐떡거리는 아버지에게 무엇이 부끄러운가! 공교롭게도 해산한 지 얼마 안 된 산모라 그야말로 가슴은 부풀대로 부풀어 있다. 악랄한 독재정권은 이 독립투사를 어떻게 하면 조용히 죽일 수 있을까 고민한 끝에, 굶겨 죽이기로 최종 결정을 내렸다.

이후 위정자들은 감동을 받았는지, 노인은 자유로운 몸이 되었다는 이야기다. 유명한 화가 루벤스P. Rubens, 1577~1640의 그림 〈노인과 여인Cimon & Pero〉이다.

이러한 시각이야말로 삶을 살아가는 데 얼마나 중요한가? 우리들은 세상만사를 보이는 것 그대로 판단하면서 살고 있다. 그 안에 내재하는 본질이 무엇보다 중요한 데 말이다. 편견이나 아집에 빠지지 말고 본바탕의 진실이 무엇인지 그것을 찾으면서 살아가는 것이 우리의 진정한 삶이 아닐까.

달리기 왕의 해이한 자세
— 이승엽의 '잇쇼켄메이 간바리마스' —

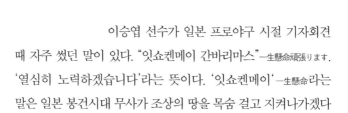

　　　　이승엽 선수가 일본 프로야구 시절 기자회견
때 자주 썼던 말이 있다. "잇쇼켄메이 간바리마스"—生懸命頑張ります.
'열심히 노력하겠습니다'라는 뜻이다. '잇쇼켄메이'—生懸命라는
말은 일본 봉건시대 무사가 조상의 땅을 목숨 걸고 지켜나가겠다
는 다짐에서 유래된 말이다. 현대에는 이 표현은 어떤 일을 할 때
생명을 바칠 정도로 맡은 바 일에 최선을 다한다는 뜻으로 쓰인다.

　　　　새해를 맞이하면 어느 누구도 각오가 새롭겠지만 이런 '잇
쇼켄메이'의 마음가짐으로 세상을 살아가면 어떨까?

몇 해 전 늦여름 고향 대구에서는 세계적인 육상대회가 열리고 있었다. 평상시 육상에 대하여 흥미를 갖고 있던 터라 더욱 관심이 많았다. 국제대회가 열리는 경기장에는 직접 가보지는 못했지만 현장에 가 있는 것 같은 HD화면을 보면서 한여름 밤의 역동적이고 생동감 있는 경기를 즐길 수 있었다.

그중 주된 관심거리였던 100m 달리기 모습이 인상적이었다. 이전 세계신기록이 자그마치 100m에 9.58초인 달리기 왕 우사인 볼트가 출전하는 그 시간이 되었기 때문이다. 그는 이번 대구 경기에서도 어느 누구도 넘나볼 수 없는 금메달감임에 틀림이 없었다.

경기에 앞서 장내 아나운서의 선수 소개시간. "1번 레인 에티오피아 선수……" 약간 주눅이 든 모습이지만 각오가 단단해 보이는 얼굴이다. "5번 레인 우사인 볼트……" 명랑한 웃음을 지으면서 손을 든다. 그에게 카메라가 다가가니 입고 있는 유니폼의 국기를 가리키며 우쭐대면서 자신만의 세리머니를 보여준다. 이 시간이야말로 정신집중이 필요한 때인데도 정말 기고만장한 모습이었다.

"레디……!" 담벼락에 살며시 앉아 먹이를 노려보고 있는 고추잠자리처럼 쫑긋 엉덩이를 치켜 올린다. 우사인 볼트도 집중하느라 "쉬-"라고 한마디 보탠다. 총소리가 "탕-" 나자 그만 플

라잉실격이 돼 버린다. 그러자 억울하다는 듯 웃통을 벗어버리면서 허망한 표정을 짓고 있는 모습이 아직도 생생하다.

그의 모습을 보고 있자니 떡볶이와 튀김으로 갑부가 된 한 젊은 사업가의 성공스토리가 생각난다. 매출이 1천200억이고 전국에 체인점 850개를 갖고 있는 그는 스스로 내 피 속에는 아무래도 장사의 혼이 늘 흐르는 것 같다고 말하는 야심찬 사업가다.

그의 성공지론은 아무도 보지 않는 곳에서도 혼자 튀김을 만들면서도 자신이 정한 규칙을 철저히 따르면서 떡볶이 하나를 만드는 데도 재료관리에 혼신을 다하는 것이다. 도마 위에서 파를 썰 때도 손님이 보든 안 보든 온 정성을 다하여 하나라도 비뚤어지지 않게 썬다고 한다. 조그마한 것이라도 '잇쇼켄메이' 정신으로 대처하는 것이 그의 성공비결이라 한다.

잘 알고 있는 『아라비안나이트』에 나오는 이야기다. 옛날 어느 나라에 예쁜 공주가 살았는데 갑자기 원인 모를 병이 들어 시름시름 죽어갔다. 임금은 하나밖에 없는 딸을 살리기 위해 누군가 공주를 살려주면 공주와 결혼시켜주고 왕위도 계승해준다는 조건부 내용의 방榜을 전국에 붙였다.

천 리를 내다볼 수 있는 요술망원경을 가지고 있는 총각, 재빨리 하늘 위로 날아다닐 수 있는 요술양탄자를 갖고 있는 총각, 여러 가지 과일을 갈아 주스를 만들어 마시게 하면 한 방에

병이 낫는 신통한 주스를 만드는 총각. 이 세 명이 그 방을 함께 보게 되었다.

망원경 총각은 망원경으로 궁을 찾고, 양탄자 총각은 양탄자를 타고 궁으로 찾아가고, 마지막으로 주스 총각은 공주에게 지극한 정성을 다하여 여러 과일을 섞어 만든 주스를 만들어냈다.

그 주스를 마신 공주는 살아나게 되었고 임금도 깜짝 놀라며 약속대로 세 총각 중에서 주스 총각에게 왕위를 계승하게 하고 결혼도 시켜주기로 했다.

망원경과 양탄자는 어떻게든 구할 수 있지만, 온갖 정성을 다하여 만든 요술주스는 주스 총각이 아니면 만들 수 없기 때문이었다.

우리는 한 잔에 온 마음을 담아 예쁜 공주를 살려낸 그 주스 총각의 지극 정성스러운 마음, 그리고 떡볶이 사장의 조그마한 것에도 전심전력을 다하는 자세, 달리기 왕 '우사인 볼트'의 해이해진 정신자세 등을 생각하는 것은 모두에게 큰 의미가 있다.

나는 젊은이다

— '젊음'이 얼마나 소중한지 알아요? —

몇 해 전 7월 유난히 무더웠던 날이다. 더위와 일에 지쳐 잠시 쉴 겸 TV를 틀었더니 할머니 한 분이 오디션을 받고 있는 장면이 나왔다. 웬 할머니가 노래를 부르는데 자세히 봤더니 교양 있어 보이고 곱게 늙으신 인자한 할머니다. 노래의 선율은 차분하게 들렸지만 목소리는 보통 할머니의 목소리가 아닌 것 같았다.

그 당시 84세라는 그 할머니의 목소리는 약간 허스키하면서 뭔가 아련하고 한스럽게 들렸다. 모든 시청자들에게 눈물을 자아내게 할 것 같은 그런 목소리였다.

"나이를 많이 먹어 목소리가 쉬었어요. 다행히 허스키로 들린다니 고마워요. 추하게 늙지 않았지만 그런데 젊음은 없잖아요……."

어느 방송사에서 '청춘합창단'이라 이름하여 45세에서 84세까지의 음악애호가 40명을 선발하기 위한 오디션이었다.

지난해 교통사고로 보낸 외아들의 슬픈 사연을 갖고 온 부부, 신장이식을 받고 병원에서 잠시 외출한 중년아저씨, 여순경을 딸로 둔 울산의 배짱 두둑한 50대 아줌마, 그리고 연구에 매진해야 할 50대 후반의 대학교수, 강원도 산골 깊숙이 세상을 등진 채 벌을 키우고 있는 전직 유명합창단 출신 테너, 일명 꿀포츠. 요들송도 멋들어지게 부르는 명랑한 성격의 미시족 같은 60대 초반 아줌마 등이 참가했다.

지나간 자기 인생을 돌아봤을 때 좋은 일도 많았지만 삶의 희비애락에 젊음을 보낸 흔적이 묻어나는 목소리 같았기에 아직도 나의 뇌리에 그 모습들이 생생히 남아 있다. 젊은 날 가슴에 묻어둔 못 다한 꿈과 저마다 사연을 안고 오디션에 참가했을 그 '노년병'들의 모습이 아직 가슴에 짠하게 남아 있다.

이 모든 사람들은 도대체 무엇을 찾으려고 여기에 왔을까? 지나간 세월에 대한 추억 때문인가? 아마도 20~30대의 꿈 많았던 청춘이 그리웠던 것이라 생각한다. 멀어져 간 청춘과 젊음이 그리워 그곳에 왔을 것임에 틀림없다.

따뜻한 봄날을 맞이하면서 '청춘과 젊음'에 대한 이야기를 꺼내자니 갑자기 떠오르는 것이 하나 있다.

언젠가 지방의 한 미술관에서 '봄날은 간다'라는 이름의 전시회가 열린 적이 있었다. 이 이름은 원래 백설희란 가수가 부른 노래 제목이지만 요즘은 한복을 입은 가수 장사익이나 긴 머리를 길게 늘어뜨린 가수 한영애가 멋들어지게 부르는 노래이기도 하다.

이 음악이 애절하게 흐르고 있는 전시회 안 어느 사진작품 앞에서 관람객들이 잠시 발길을 멈추고 작품에 뚫어지게 감상하는 모습이 보였다. 그런데 작품이 마치 살인 장면 같아 섬뜩한 느낌에 다들 놀라는 듯한 모습. 부엌에서 고등어를 썰고 있던 중년 여인이 갑자기 칼질을 멈추고 넋이 나간 듯 무언가를 골똘히 생각하고 있는 모습이었다. 그것도 부엌칼을 든 채 말이다.

그 작품은 다음과 같은 여운이 담긴 메시지를 은근히 던지는 것 같았다.

"그래, 내 청춘은 다 지나갔단 말이지! 나 참, 기가 막혀서……"

이 사진작가는 외형 그대로의 모습이 아니라 아마도 지나간 자기의 청춘에 대한 회한과 젊음에 대한 그리움을 말하는 것이 아니었을까?

이렇게 젊음에 대한 이야기가 나왔으니 겸해서 우스갯소리를 하나 보태자.

그리스의 유명한 철학자 네 명이 느티나무 아래에서 열정적으로 토론을 하고 있었다. 다름 아닌 '여성의 아름다움'에 대한 난상토론이다. '어떤 여성이 이 세상에서 가장 아름다운 여성이냐?'라는 테마다.

한 사람은 '클레오파트라'의 코가 조금만 낮았더라면 세계 역사는 바뀌었을지도 모른다고 말하면서 코가 높은 여성이 가장 아름답다고 하고, 또 한 사람은 '비비안 리'와 같이 개미허리를 한 우아한 자태의 여성이라고 강조한다. 또 다른 사람은 한국의 심청전을 소개하면서 아버지 심봉사를 눈뜨게 하기 위하여 인당수에 몸을 던진 '심청이'같이 마음씨 갸륵하고 착한 여자라고. 마지막으로 한 철학자는 맨발의 무용가 '이사도라 던컨'I. Duncan, 1877~1927 과 같은 탄탄한 몸매를 가진 여성이라고 강력히 주장한다.

그러는 순간 옆으로 지나가는 할머니가 그 이야기를 무심

코 듣고서

　　"아니 여보슈! 다들 틀렸어! 그건 바로 '젊음'이라
　　는 것이요!"

　라고 고쳐주었다는 이야기다.

　이같이 느티나무 그늘 아래에서 열띠게 토론하는 철학자
들에게 무심코 던진 할머니의 말 한마디. 사진 한 장에 리얼하게
표현된 고등어를 써는 중년 여인의 젊은 시절에 대한 그리움과
회상. 또 저마다 사연을 안고 오디션에 참가한 청춘합창단의 꿈
을 생각해봤다.

　새로이 자기의 목표에 열중하는 모든 이에게, 특히 꿈에
부풀어 있는 젊은이들에게, 청춘과 젊음이 들끓는 봄날은 얼마나
아름답고 소중한 계절인지 꼭 마음속에 간직해야 된다.

도서관에 다니는 고양이

– '진정한 삶의 자세'야말로 향기롭다 –

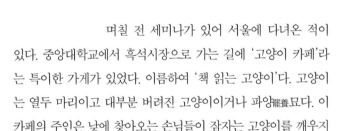

　　며칠 전 세미나가 있어 서울에 다녀온 적이
있다. 중앙대학교에서 흑석시장으로 가는 길에 '고양이 카페'라
는 특이한 가게가 있었다. 이름하여 '책 읽는 고양이'다. 고양이
는 열두 마리이고 대부분 버려진 고양이이거나 파양罷養묘다. 이
카페의 주인은 낮에 찾아오는 손님들이 잠자는 고양이를 깨우지
않고 고양이와 함께 시간을 공유하게 해 책읽기를 유도하는 기발
한 아이디어다.

　　고양이라는 놈은 습성상 하루 평균 14시간 낮잠을 자는 잠
꾸러기로 경우에 따라 20시간 이상을 자는 고양이도 있다. 최근

연구에 따르면, 약 1만 년 전 근동近東지방에서 스스로 숲 속을 나와 인간들이 모여 사는 마을에 대담하게 정착했는데, 여기서 길들여진 5마리의 아프리카 암컷 들고양이가 기원이라 한다. 고양이는 인류로부터 오랫동안 애완동물로 사랑받아 왔던 대표적인 야행성 동물이다.

미국에서 있었던 실화다. 2009년 뉴욕타임스에서 베스트셀러로 선정됐던 '듀이'Dewey 라는 고양이 이야기다.

미국 아이오와 주 스펜서 시립도서관의 한 여자 사서司書가 출근 직후에 도서 반납 상자를 정리하다 어떤 동물 소리를 듣는다. 조심스럽게 반납상자 안을 들여다보니 조그마한 새끼 고양이가 울고 있는 게 아닌가. 생후 8주 정도가 된 이 고양이는 추위와 굶주림에 지쳐 있었는데 그녀는 주위의 직원과 관청을 설득해 도서관에서 키우기로 허락받는다.

이 도서관에서 20여 년 동안 보낸 듀이라는 고양이 이름은, 도서 십진분류법 창안자의 이름을 본떠 만든 애칭이다. 듀이는 그동안 사람과 사람의 마음을 연결해주는 매개체로 지쳐 있는 사람들에게 위안을 줌으로써 기적 같은 일이 빈번히 일어나게 됐다.

예를 들면 아이들이나 외로운 노인, 장애인들의 다리에 몸을 비비기도 하고 그들의 무르팍에 뛰어올라 잠을 청하기도 하는 등 웃음과 위안을 안겨주는 유일한 친구가 된 것이다.

또 평탄하지 않은 인생을 살아온 그녀는 듀이와의 교감을 통해 삶의 의욕을 찾았을 뿐 아니라 도서관이 다시 살아남으로써 자기가 세상에서 최고의 직업을 가진 사람이라고 매우 기뻐했다.

한국에서는 고양이를 영물靈物이라 하여 기피하는 경향이 있지만, 일본에서는 좋은 동물로 여겨 고양이와 공동체 울타리 속에 사는 경우가 많다. 그래서 일본문학을 보면 고양이와 관련된 이야기가 자주 등장한다. 일본의 만 원권 지폐에는 일본문학의 셰익스피어로까지 추앙받는 소설가 나쓰메 소오세키夏目漱石. 1867~1916의 얼굴이 인쇄되어 있다.

1905년 아사히신문에 발표한 그의 처녀작 『나는 고양이로소이다吾輩は猫である』라는 작품이 있다. 중학교 영어교사이던 그가 이 작품으로 일약 문단에서 대스타로 발돋움한다.

첫머리를 펼쳐보면 "나는 고양이로소이다. 이름은 아직 없다. 어디서 태어났는지 도무지 알 수 없다"로 시작하는데 고양이의 눈으로 본 인간세계를 풍자적으로 묘사한 작품으로 현대 일본인들이 즐겨 읽는 소설이다. 고양이가 바라보는 인간들의 모습과 그 행동에 대한 해석 그리고 인간사회의 비판으로 이어지는 흥미로운 소재를 많이 볼 수 있다.

여기에서 잠깐 먼 나라의 재미나는 우화를 들어보자.

어느 조그마한 동네에 고양이가 집단적으로 살고 있었다. 많은 고양이 중에서 유독 도서관으로 매일 출퇴근하는 고양이가 있었다. 도서관 책을 많이 읽었으니 늘 으스대면서 그곳을 왕래하는 그놈은, 다른 고양이들로부터 부러움과 존경을 혼자 모두 받는다.

그놈은 도서관 출입허가증 같은 것을 소지하지 않아도 자유롭게 그곳을 드나든다. 왜냐하면 그만이 다니는 쥐구멍 같은 비상구가 있기 때문이다. 그래서 몹시 궁금하던 차에 다른 고양이 한 마리가 몰래 그놈의 뒤를 따라 나선다.

아니 이게 뭐람? 책은 아예 거들떠보지도 않고 하는 일이라고는 고작 낮잠만 자고 돌아오지 않는가! 그것도 햇볕이 따스하게 내리쬐는 책 위를 골라 잠자는 것이다.

그래서인지 서가에 꽂혀 있는 책의 표지장정이 가죽인지 아트Art 판지인지 잘 알고, 결의 방향이 가로인지 세로인지 다 안다. 심지어는 표면처리나 두께에 따라 온도 차이를 정확히 감지해내는 전문가 수준에까지 올라가 있는 것이 아닌가! 허망하게도 그 외에는 아무것도 아니었다.

삶에서 우리 주위에는 이와 같은 경우가 너무나 많이 산재하고 있다. 다시 말하면 엉터리가 많고 위선적인 일이 많다는 것이다. 어느 분야든 그 분야의 진정한 태도를 가지고 있는 사람,

올바른 마음가짐을 소지한 직능인, 이러한 사람들이 넘쳐나는 풍요로운 사회가 됐으면 한다.

욕쟁이의 천금 같은 말

– 늘 깨어 있어라! –

불가에서 전해오는 이야기다. 어느 시골에 할 아버지가 살았다. 할아버지가 하는 일은 늘 아침 일찍 일어나 논 밭에 나가는 일이다. 논의 물꼬가 터졌는지 혹시 산에서 멧돼지 가 내려와 밭을 갈아엎었는지 하루도 빠짐없이 점검하는 일이다.

오늘도 들로 가는 길에 어느 오두막집을 지나가는데 갑자 기 욕쟁이 아줌마가 사투리로 아들에게 외친다.

"고마 자라. 일마! 날 샜다. 인자 깨라!"

라고. 그 말은 다시 말하면 "그만 자라. 이놈아! 해가 떴다. 이제 잠에서 깨어날 시간이다!"라는 뜻이다.

할아버지는 그 욕쟁이 아줌마가 외치는 '인자 깨라!'라는 말에 순간, 마음의 동요를 크게 일으킨 걸까. 그 길로 바로 할아버지는 뒷산으로 올라가버렸다. 집에서 기다리고 있던 가족들은 할아버지가 오시지 않자 백방으로 찾아 나선다.

마침 어느 삿갓 쓴 도인이 산에서 내려오고 있었다.

"삿갓도인? 혹시 수염이 덥수룩한 할아버지를 보시질 않았나요?"

그러자 조금 전 산중턱으로 올라가는 것을 봤다고 한다.

가족들은 땀을 뻘뻘 흘리면서 산으로 올라가 할아버지를 찾았다. 절간 법당에서 가부좌를 틀고 앉아 있던 할아버지가 작심을 하고 말한다.

"이제부터 너희들은 나를 찾지도 말고 기다리지도 말라!"

고 했다.

훗날 할아버지는 수행 끝에 득도得道했다. 그 후 할아버지는 오두막을 지나칠 때마다 합장을 하면서 그 욕쟁이 아줌마에게 늘 고맙게 생각했다고 한다.

붓다가 25년 동안, 인도 쉬라바스티의 기원정사에 있을 때다. 입적한 후 제자들끼리 큰 모임이 있었다. 40여 년간 바로 곁에서 스승님을 모시고 있던 수제자 아난다阿難陀는 졸지에 그 모임에서 배제되어 버렸다. 화가 나고 속이 상한 아난다는 밤새도록 깊은 고민에 빠졌다. 왜 내가 모임에서 배제되었을까?

다음날 아침 그 이유를 순간 깨닫게 되는데 다름 아닌 자신의 에고ego 때문이라는 사실이었다.

심리학에서 말하는 자아自我다. 쉽게 말하면 '내가 그래도 오랫동안 곁에서 모신 수제자인데 누가 감히 나를 배제해?'라는 의미가 내재한 것이다.

세상은 에고이즘으로 꽉 찬 사람이 너무나 많다. 쉽게 비유하면 '나는 사장인데, 나는 국회의원인데, 나는 하버드 박사인데……'와 같이 '나는 무슨 장인데……', '나는 이런 사람인데……'라고 하는 '깨어 있지 않은' 자세 말이다.

몇 년 전 나는 모친상을 당했다. 그 당시 여러 사람으로부터 문상을 받고 우리 5형제는 보은의 마음으로 우선 전화를 드린

적이 있다. 그중 덕담으로 하신 선배분 말씀이 아직도 기억에서 지워지지 않는다.

"자녀들 5형제가 잘못했네! 4살만 채워 드렸으면 100수 하셨을 텐데 말이야"

라는 말씀……. 진짜 세상을 살아가는데 뭔가 깨어 있는 분이고 사려 깊은 말씀이어서 경외심을 느끼게 했다.

첨언하자. 걷기를 좋아하는 나는 어제 집을 출발하여 강변을 따라 2시간여 걸었다. 자주 하는 나의 건강법이다. 도착지는 시내 중심가의 한 낙지집. 값싸고 에너지 충만용으로 제격이어서 점심으로 자주 하는 메뉴이기도 하다.

대학생 같은 종업원이 식사주문을 공손히 받는다. 그의 친절한 서비스가 유난히 눈에 띄어 나도 모르게 감동했다. 반찬이 떨어지게 무섭게 다가와서 추가로 보태주려하고 손님이 부르면 즉각 응대한다. 그뿐인가 식사 후 자리를 떠나면서도 "맛있게 드셨는지요?"라고 밝게 인사하는 매너는 우리를 더욱 살맛나게 한 것 같다.

말 한마디에 천량 빛도 갚는다는 말도 있듯 정말 '깨어 있는' 젊은이가 아닌가?

인간의 두 가지 삶의 자세는 바로 '깨어 있는 것'과 '깨어 있지 않은 것'이다. 인간이 지니고 있는 선한 삶의 자세는 고명박식한 '지식'과 빛나는 '지위'와는 결코 비례하지 않는다.

명동교자의 교훈

‑ '사소함'이 곧 성공비결이다 ‑

서울 명동에 50여 년이 된 유명한 칼국수 집이 있다. 70년대 말 무역회사에 다닐 때부터 인연이었으니 벌써 수십 년째 단골이다. 아직도 서울에 갈 일이 있으면 반드시 찾는 추억 어린 곳이다.

단골이 된 이유는 다음과 같다. 알싸한 마늘 맛이 물씬 나는 김치가 있고 진한 닭고기 국물에 매끌매끌한 면발의 칼국수가 있기 때문이다. 게다가 고봉으로 올려주는 얇은 피 만두 4개의 앙상블은 맛을 더하고 노란색 기장쌀이 섞여 있는 공기밥과 국수 사리는 얼마든지 덤으로 주기 때문이다. 그래서인지 휴일 점심때는 식객들이 두 줄로 장사진을 치고 있을 정도로 인기가 높다.

중요한 사실은, 생마늘 냄새가 나는 김치통을 갖고 다니면서 김치가 얼마 남아 있지 않은 테이블이 있으면 재빨리 보충해주는 종업원의 부지런한 서비스다.

'사소한' 일이지만 고객들을 소중히 여기는 마음가짐, 조그마한 배려를 아끼지 않으려는 그들의 자세가 바로 이 가게의 성공비결이다.

'사소하다'를 사전에서 찾으면 '보잘것없이 작거나 적다'로 적고 있다. 유의어로는 '미미하다, 잘다, 자질구레하다'가 있다. 영어로는 '디테일detail, 마이크로micro'로 번역되기도 한다. 나아가 의미에서 풍기는 뉘앙스는 '치졸함이나 회피, 편협, 단견'과 같이 부정적인 감으로 치부되기도 한다. 그러나 이들의 마이너스적 느낌이 내면으로는 가공할 만한 힘을 발휘한다는 사실이다.

이야기를 해외로 돌려보자. 일본 동경 아사쿠사에 1911년에 창업한 유명한 스시가게寿司初総本店가 있다. 동경식 초밥이라는 에도마에江戸前 스시의 진수를 보여주는 이 가게는 종업원에게 다음과 같이 교육시킨다.

고객이 테이블에 앉으면 공손히 테이블 냅킨을 무릎에 덮

어드린다. 물론 화장실에 다녀오면 기다렸다가 다시 해드린다. 그리고 고객이 마시는 찻잔 속을 직접 보지 않고도 차가 어느 정도 남아 있는지를 가르친다. 즉, 찻잔의 양은 줄어들수록 찻잔의 기울기는 반대로 커진다는 사실을 말이다. 그래서 항상 차가 비기 전에 새 찻잔을 내놓는 예법을 가르치는 것이다.

이같이 고객 한 사람 한 사람에게는 '작은' 부분이지만 최선의 서비스를 다하는 그들의 자세가, 이 가게를 100여 년 동안 사랑받게 한 근본이다.

유대인으로 아메리칸 드림을 안고 미국에 건너가 크게 성공한 패션디자이너가 있다. 헝클어진 하얀 머리칼에 핸섬하게 생긴 올해 78세의 '랄프로렌'R. Lauren이다. 회사이름도 그의 이름 그대로 사용하여 '랄프로렌사'로 부른다.

27세에 폭넓은 유럽풍 넥타이 하나로 사업에 뛰어든 그는, 대박을 터트린 상품이 다름 아닌 '폴로'Polo 로고가 붙어 있는 반팔 티셔츠다.

폴로Polo는 원래 말을 타고 스틱으로 쳐서 득점하는 스포츠 이름. 19세기 인도를 식민 통치한 영국 군인들이 재미로 한 것에서 유래됐다. 그의 사업은 지금 향수, 인테리어, 액세서리, 요식업까지 확장하고 있는데, 그의 자산은, 2018년 포브스의 집계에 따르면 자그마치 60억 불(6조 원)로 세계 부자명단 275위에 올라 있다.

이 회사의 기본 모토는, 한 개의 제품을 바느질할 때 '반드시 1인치에 여덟 땀'을 떠야 한다는 엄격한 규정이다. 이러한 '디테일한' 정신이 놀랍게도 오늘의 폴로를 있게 한 것이다.

이 같은 여러 사업의 기본정신은 어디까지나 '사소함'이며 '디테일함'이다. 우리의 삶에서도 마찬가지일 것이다. '사소한 것'에서 확실히 큰 의미와 대성공을 찾을 수 있음을 배운다.

태블릿PC의 위력과 리더

- 국난극복의 영웅이 보이질 않는다 -

나는 태블릿PC를 늘 갖고 다닌다. 오래되어 가죽케이스가 너덜너덜하고 색이 바랬다. 사용하기 쉽고 이동성이 있어 편리하다. 갖게 된 연유가 좀 특별나다.

수년 전 직장에서 야무지게 스마트캠퍼스사업을 실시한 적이 있다. 학생, 교수, 교직원을 대상으로 태블릿PC를 파격적으로 지원한 것이 계기다. 소위 스마트 강의 지원시스템SLMS을 개발하여 강의실 밖에서도 태블릿으로 강의를 듣는, 그야말로 본격적인 스마트 캠퍼스시대를 연 것이다. 그 결과 홈페이지에 공개된 동영상강의, 강의공개자료 등을 통한 선행학습, 교수와의 1대

1 토론 및 상담 등 학습편의가 크게 향상되었다.

최근 전대미문의 최순실 게이트가 우리를 슬프게 했다. 태블릿PC가 발견되지 않았더라면 우리의 정치사는 어떻게 변했을까 생각하면 소름이 끼친다.

어느 종편뉴스는 그의 PC 파일에서 박대통령의 연설문과 국무회의 자료, 대통령당선 소감문 등 많은 파일을 확인했고 이 문서들은 2년 정도에 걸쳐 작성된 것으로 내통령이 공개석상에서 연설하기 전 그에게 전달된 것이다. 일부 문건은 곳곳에 밑줄이나 붉은 글씨가 적혀 있어 수정한 흔적도 발견된다. 특히 파일 중에는 북한과 관련된 내용이라 극도의 보안 속에 작성된 것으로 알려진 독일 '드레스덴' 연설도 포함되어 경천동지했다.

"최순실 씨는 능력 있는 사람이어요. 최순실 씨의
'공덕'을 제가 한번 얘기해볼까요?"

최근 즉문즉설 강연으로 유명해진 한 스님이 청중들의 질문에서 답한 말이다. 과오도 아니고 공덕이라니 어처구니없는 듯 많은 사람들은 눈이 휘둥그레졌다. TK대구경북지역의 50대 이상은 지역주의에 사로잡혀 하늘이 두 쪽이 나도 여당을 지지하는 사람들이었는데, 이 콘크리트 같은 사람들의 생각이 이 사건으로 완전히 깨져버린 것이다. 대단한 공덕이고 위력이 아니겠냐는 것이다.

요즘 대학생들은 사회가 어떻게 되던 관심이 없다. 그런데 이번 사건으로 그들은 갑자기 눈을 번쩍 뜨고 제일 먼저 분개하고 지금 가장 앞장서고 있다. 이것 또한 최 씨의 공덕이 아니면 무엇인가? 정말 대단한 위력임에 틀림없다.

이제 우리는 이 위기상황을 큰 기회라 생각하고 다시 한 번 도약해야 할 것이다. 우리는 지난 세월 수많은 국난을 극복한 지혜로운 민족이 아닌가! 조금도 침체될 필요도 없고 전혀 움츠릴 필요도 없다. 어느 나라나 위기의 순간에는 훌륭한 리더가 뛰어난 리더십을 발휘해 위기를 극복했다. 역사에서는 국가의 흥망성쇠가 지도자의 리더십에 달려 있다는 것을 다양하게 보여주고 있다.

엘리자베스 1세라는 불세출의 여왕이 있었기에 영국은 해가 지지 않는 나라가 되지 않았나! 칭기즈 칸이라는 걸출한 지도자가 있었기에 몽골은 세계 역사에서 유례없는 넓은 영토를 지배할 수 있었고, 리콴유李光耀라는 위대한 리더가 없었으면 가난한 섬나라이던 싱가포르를 동남아시아 최고의 경제번영을 이룩할 수 있었을까!

이 위중한 시기에 충무공 이순신의 유명한 말씀이 생각난다.

"신이시여! 우리에겐 12척의 배밖에 없습니다"

라는 결의에 찬 자세. 즉, '사즉생 생즉사'死卽生 生卽死 '죽고
자 하면 살 것이요, 살고자 하면 죽을 것'이라는 용맹스러운 정신
자세가 국난을 극복했다.

성웅 이순신 장군이 있었기에 조선은 두 차례에 걸친 난국
을 극복할 수 있었다. 불행하게도 지금 이 순간 우리에겐 이러한
리더, 이러한 영웅이 없으니 정말 답답하기만 하다.

백마 탄 김유신과 나폴레옹

– '월든' 호수를 보면서 스트레스를 풀어요! –

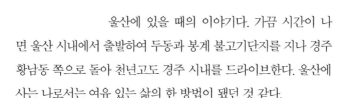

　　울산에 있을 때의 이야기다. 가끔 시간이 나면 울산 시내에서 출발하여 두동과 봉계 불고기단지를 지나 경주 황남동 쪽으로 돌아 천년고도 경주 시내를 드라이브한다. 울산에 사는 나로서는 여유 있는 삶의 한 방법이 됐던 것 같다.

　　인생을 살다보면 희로애락을 겪으면서 산다. 기쁜 일 화나는 일 슬프고 즐거운 일이 매일 반복된다. 가끔 나는 화를 낸 후 스스로 스트레스를 받아 적지 않게 괴로워한다. 정말이지 화가 머리 끝까지 치밀어 오를 때면 정신적인 스트레스가 보통이 아니다.

정신의학에서 스트레스 종류에는, 자생력을 증가시키는 좋은 스트레스Eu-stress와, 건강의 적이 될 수 있는 나쁜 스트레스 Di-stress가 있다고 한다.

나쁜 스트레스의 원인에는 크게 두 가지로 나눈다. 하나는 '손실'에 따르는 스트레스다. 예를 들면 좋아하는 사람이 죽었거나 직업을 잃었을 때, 또한 자기의 바램이 너무 커서 실패하거나 자존심이 꺾였을 때 일어난다.

또 하나는 '두려움'에 의한 것이다. 개인의 지위, 목표, 건강, 안전 등에 대한 걱정에서 생긴다. 그 증상은 우울한 상태나 불안 혹은 그 양자가 동시에 나타날 수 있다.

그 옛날 삼국통일의 위업을 달성한 '김유신'은, 젊었을 때 자기의 애마 백설총白雪驄을 타고 자주 기생 천관녀天官女 집에 가서 술을 마셨다 한다. 미실이와 정략 결혼한 김유신은 가뜩이나 출신을 따지는 그 당시, 가야출신인 그의 핏줄이 좋은 이미지가 아니어서 어머니는 늘 걱정이었다. 혹시나 아들에게 흠집이 갈까 노심초사하던 중, 어느 날 아들에게 통곡을 하면서 꾸중을 한다. 다시는 주막에 가서는 안 된다고……

애마를 타고 전장으로 가는 도중 애마가 천관녀의 집으로 고개를 돌리자 몹시 화가 난 그는, 마중 나온 천관녀 앞에서 애마를 단칼에 쳤다는 이야기는 유명하다.

그 후 그는 만년에 경주 오릉 동쪽 들판에 천관사天官寺라는 절을 지어 미안한 마음을 달랬다. 지금은 절터만 남아 있지만 김유신의 집터 재매정財買井에서 남쪽으로 500m 정도 떨어져 있는 곳에 있다.

'나폴레옹' 이야기다. 유럽의 지도를 새롭게 그렸던 그가 전쟁광이 되는 데 일조한 사람은 다름 아닌 여인 조세핀Josephine B, 1763~1814이다. 그는 신기하게도 그녀와 함께 있을 때만 전쟁에서 승리를 거두어 프랑스 국민들로부터 승리의 여신으로 불리기도 했다.

19세기 초 노트르담 대성당에서 대관식을 치른 그는, 전쟁 막사에서 면도하고 있을 때 갑자기 거울이 깨져버렸다. 혹시 사랑하는 조세핀의 신변에 뭔가 이상이 생긴 것이 아닌가 하고, 142cm의 작은 애마 마렝고Marengo를 잡아타고 그녀의 곳으로 달려갔다. 그러나 그녀에게는 아무 이상 없는 평상시 그대로의 모습이었다.

이와 같이 똑같은 동서양의 위인이지만, 여성에 대한 자세를 뚜렷이 구분할 수 있다. 화火나 스트레스의 대처방식이 확연히 다르다는 말이다.

김유신은 급한 성격이지만 남자의 기개를 잘 보여준다. 반면 나폴레옹은 낭만적이고 배려심이 있어 여성에게 멋진 사나이로 보인다. 어느 쪽이 바르고 포용력이 있는지 우리 스스로 판단해보는 것도 재미날 것이다.

우리는 수많은 스트레스를 받으며 세상을 살아가고 있다. 미국 매사추세츠 주의 콩코드라는 마을에는 조그마한 호수가 있다. 이름하여 '월든 호수'Walden Pond라 한다. 이 호수를 떠올리며 나름대로 화난 마음이나 스트레스를 잠시 풀면 어떨까?

150여 년 전 '소로'H. Thoreau, 1817~1862라는 미국의 대단한 문학가가 있었다. 호숫가에서 넉 달 동안 통나무 오두막집을 손수 짓고 밭을 일구면서 살았던 환경생태 문학가이다. 불후의 명작 에세이 『월든Walden』(1854)을 통해 자연 속 인생살이의 소중함을 다음과 같이 호소했다.

> 호수는, 하나의 경관 속에서 가장 아름답고 표정이 풍부한 지형이다. 그것은 대지의 눈이다. 그 눈을 들여다보면서 사람은 자기 본성의 깊이를 잰다. 호숫가를 따라 자라는 나무들은, 눈 가장자리에 난 가냘픈 속눈썹이며 그 주위에 있는 우거진 숲과 낭떠러지들은 굵직한 눈썹이라 할 수 있으리라〔월든에서〕

라고……

미국의 에세이작가 엘윈 화이트E. White, 1899~1985는, 미국대학들이 현명하게 생각한다면 대학을 졸업하는 한 사람 한 사람에게 졸업장을 주는 대신, 이 책을 한 권씩 선물하면 어떻겠냐고 할 정도로 강력히 추천하는 훌륭한 책이다.

작지만 강력한 '월든 호수'의 아름답고 감미로운 모습이 얼마나 소중한 것인지, 잿빛 콘크리트 숲속에서 살고 있는 우리들을 스트레스에서 해방시켜줄 것 같다. 그리고 김유신과 나폴레옹 두 위인의 처세를 음미하면서 하루하루 희망차게 살아가면 어떨까.

긴 것은 기차

- 기차를 사랑한 드보르작 -

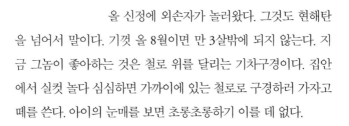

올 신정에 외손자가 놀러왔다. 그것도 현해탄을 넘어서 말이다. 기껏 올 8월이면 만 3살밖에 되지 않는다. 지금 그놈이 좋아하는 것은 철로 위를 달리는 기차구경이다. 집안에서 실컷 놀다 심심하면 가까이에 있는 철로로 구경하러 가자고 떼를 쓴다. 아이의 눈매를 보면 초롱초롱하기 이를 데 없다.

그러니 제 엄마가 기차에 관한 책자를 마지못해 여러 권 사주었다. 다양한 기차사진이 있어 어른이 봐도 놀랄 정도다. 우리말로도 잘 하다가 심심하면 일본어로 마구 지껄인다. "제이알 신쥬크센JR新宿線, 마르노우치센丸の内線, 치토세센千歲線⋯⋯"하고 줄줄 왼다. 말도 제대로 못하는데 기차명은 빠삭하다.

정말 일본이라는 나라는 기차천국이다. 그것도 그럴 것이 1억이 넘는 인구에(2017년 1,26억 명) 긴 열도를 오고 가자니 충분히 이해가 간다.

일본에는 초등생부터 어른에 이르기까지 자생적으로 기차마니아가 많이 생겨 철도문화의 대종을 이루고 있다. 색깔로 구분하는 기차, 디자인으로 판단하는 기차, 2층으로 되어 있는 기차 등 다양하다. 심지어 도시락(에키벤, 駅弁)에까지도 기차모양을 한 것을 판매하고 있으니 철도문화의 극치를 보는 것 같다.

사전에서 '마니아'Mania라는 말을, 한 가지 일에 몹시 열중하는 사람으로 설명한다. 통칭 철도마니아를 이야기할 때는 철도에 관한 사진, 모형, 여행, 승차권수집을 포함하는데 우리나라에도 10만 명 정도 있다 한다.

일본의 철도마니아는 서양보다 늦게 생겨났으나 1970년대 이후부터 부쩍 유행되었다. 작은 영토에 과밀화된 철도노선과 오타쿠(ぉ宅, 무언가에 집요하고 편집증적으로 달라붙는 사람) 문화에 연관되어 지금은 세계에서 가장 크고 활발하게 활동하고 있다.

'기차마니아'의 원조는 체코의 작곡가 '드보르작'A. Dvořak, 1841~1904을 들 수 있다. 그의 나이 아홉 살 때, 그는 자기 나라에 철도가 완공된 후 어느 날 군인들을 가득 실은 기차가 쏜살같이 지나가는 장면을 우연히 본다. 체코 프라하와 독일 드레스덴을 연결하는 철도노선에서다. 매일 지나가는 기차를 본 그는 유년기에 벌써 정밀함을 알게 되었고 동시에 '넓은 세계'의 상징으로 받아들였다.

16세 때 25km나 떨어진 프라하의 오르간학교에 입학할 무렵부터 기차에 대한 사랑은 남달랐다. 매일 아침 시내에 있는 터널 위로 올라가 중앙역으로 드나드는 열차의 번호나 생김새 등 자잘한 사항들을 하나하나 기록했다.

> "나는 기관차의 거대함과 그 신통한 재주가 좋아! 다양한 부품이 수많은 부분을 구성하였고 그 모두가 제각기 중요한 역할을 하지 않는가!"

라고.

성년이 된 이후도 '음악' 이외 '기차'에 관심을 놓지 않았다. 특히 프라하와 빈을 왕복하는 특급열차를 좋아한 그는 시간표와 기관차의 소소한 부분까지 꿰고 있었다. 철도 종사자들보다도 더한 철도광이었다.

그런 연유에선가 그의 유머레스크 전 8곡 중 봄날에 자주 들리는 아름다운 선율 '유머레스크 7번'은 기차의 분위기가 물씬 묻어나는 작품이다. 현악 사중주곡 12번 '아메리카'도 마지막 4

악장의 빠르고 흥겨운 첫 주제부터 기차여행의 흥겨움을 잘 묘사한다. 교향곡 9번 '신세계로부터'의 4악장 오프닝 부분에서도 기차의 출발을 스케치한 장엄한 작품이다. 강렬한 포르테forte, 세계의 첫 음부터 현의 주도로 가속이 붙으면서, 정점에서는 트럼펫이 인상적인 제1주제를 묘사한다.

한 사람의 인생관은 유년기의 환경에 많이 좌우된다. 무엇이라도 마니아가 된다는 것은 동기부여뿐 아니라 인생관 확립에 중요한 요소가 됨을 인식해야 한다. 동시에 그에게는 행복의 길로 들어서는 관문이 되기도 한다.

○

성철 큰스님이 평상시 말씀하시기를 "오늘 니가 한 일이 뭐꼬?"라고 하신다.
"예, 저는 오늘 아무 일도 하지 않았습니다." 그러니까 "니놈은 아무것도 하
지 않고 밥을 처먹었단 말인가!" "니놈이 바로 밥 도둑놈 중에 상도둑놈이데
이, 알았나?"

3장

당신은 언제쯤
'철'이 들었나요?

무명無明은 어리석음이다
– '지혜로움'을 발휘하는 일상이었으면! –

중학시절 이야기다. 당시 중학 2학년 학생만 해도 족히 700명 정도는 되었을 것이다. 나의 반에는 매달 시행하는 월말고사에 늘 전교 1등 하는 학생이 있었다. 그러나 그는 그렇게 머리가 좋지 않았던 걸로 기억한다. 옆에서 바라보고 있는 친구들도 좀 의아하게 생각하면서도 늘 부러워하는 눈치였다.

그때는 종이 한 장을 보더라도 지금과는 비교가 되지 않았다. 흔한 말로 길가 포장마차에서 찐빵을 싸주는 종이라 하여 '찐빵종이'라고 하는 것이 있었다. 재灰 색깔에 물기만 조금 묻어도 쉽게 찢어져버리는 종이다.

공부 잘하는 그 친구는, 항상 이런 찐빵종이에다 펜대로 잉크를 찍어 하나하나 필기해가면서 공부하는 부지런한 친구다. 그 당시 학생들은 볼펜이 없었고 주로 연필을 사용했다. 가끔 펜과 잉크를 갖고 다니기도 했다. 놀라운 것은 월말고사 치기 3일 전에는 반드시 전 과목을 요약 정리해두는 좋은 습관을 가진 점이다.

다시 말하면 과목마다 한 장씩 찐빵종이에 펜으로 일일이 요약 기록하는 남다른 '지혜'를 발휘하는 것이다. 그 후 시험 전날에는 여유 있게 찐빵종이에 요약한 내용만 열중하는 요령 만점의 '영특한' 친구다. 그래서 늘 1등 자리를 놓치지 않았던 것 같다.

다른 이야기를 하나 더 들자. 어느 시골에 건장한 젊은이가 살았다. 따뜻한 5월 어느 한가한 날, 대청마루에서 낮잠을 곤히 자는데 난데없이 파리 한 마리가 입안으로 들어가 버렸다. 너무 걱정되어 동네병원에 들러 의사에게 자초지종 물어보았다.

"의사 선생님! 배 안에 파리가?"
"이봐, 젊은이! 자네 바보 아닌가? 어떻게 파리가 뱃속에 들어갈 수 있는가?"

의사에게 되레 꾸중을 들은 것이다. 집에 돌아와 잠자코 생각을 해보니 분명히 그 의사는 치료를 잘 못하는 의사라 생각했다. 답답하여 다른 동네의사에게 찾아가 물어보았는데 마찬가지로 꾸중만 듣게 되었다. 역시 그 의사도 형편없는 엉터리 의사라 단정 지었다.

　　모든 일은 삼세판이라, 다시 한 번 세 번째 의사를 찾아가 물어보았다. 그러자 이게 웬일인가! 꾸중은커녕 크게 환영을 하면서 이런 진료는 누워서 떡 먹기라 한다. 한술 더 떠 이 분야는 본인이 의과대학에서 줄곧 전공해온 분야라 힘주어 말한다.

　　침대에 누워 잠시 입을 벌리고 있는 사이, 의사는 조용히 옆방에 가 파리를 잡아 왔다.

　　　"자, 젊은이! 이것 보라고! 감쪽같이 파리를 꺼냈
　　　지 않았나……?"

　　젊은이는 안도의 한숨을 쉬게 되었다.

　　그야말로 '어리석음'의 극치를 보여주고 있다. 불가佛家에서 가장 경계하는 말은 '무명'無明이다. 그것은 12인연因緣의 하나로 그릇된 의견이나 고집 때문에 모든 법의 진리에 어둡다는 말이다. 명明은 밝음, 곧 지혜를 뜻하므로 '무명'은 지혜가 없다는 '어리석음'을 뜻한다. 어리석음은 탐진치貪瞋癡에서의 '치'다. 탐진치는 모두 마음에서 일어나는 일로 탐심, 진심, 치심일진대 무명은, 즉 치심癡心인 것이다.

1939년에 발표한 춘원 이광수의 단편소설『무명無明』이 있다. 기독교 사상이 바탕인 계몽문학에 일관해온 작가가, 불교적 인식으로 전환을 시도했다는 데에 큰 의의가 있는 작품이다.

작가 자신이 소설다운 소설임을 자부했듯이 부정적 인물들의 군상群像이 치밀하게 묘사되어 있다. 특히 '윤 민 정' 세 사람의 성격적 결함과 탐욕 분노로 빚어지는 암투, 시기, 아첨, 자기과시, 거짓말 등에 의한 사건전개가 작품의 골격을 이루고 있다. 그들의 탐욕과 분노는 바로 그들의 '무지無知'의 소산인데 이것이 바로 이 작품의 배경이다.

늘 바라건대 모두가 어리석은 일, 즉 '무명'의 일은 행하지 않고 지혜로움을 발휘하는 일상이 되기를 기원한다.

위대한 아기 엄마

– '애'가 뭐가 필요해? 논두렁에 버려! –

친정에 와서 출산한 지 8주째 되는 아기 엄마
가 있다. 아기 엄마는 사정상 미리 미역국으로 아침밥을 먹은 후,
잠시 아기를 안고 식탁에 다소곳이 앉아 있다. 나머지 가족들은
화기애애한 일상을 이야기하면서 식사한다. 갓 나은 손자아이를
무심코 바라보고 있던 할아버지가 한마디 건넨다. 갓난아이에게는 할아
버지지만 60대 중반인 젊은 할아버지에 지나지 않는다. 동족상잔의 비극 6·25전
쟁 때의 이야기다.

이야기 속 화제의 주인공은 다름 아닌 할아버지의 절친으
로 그 친구가 태어나 8주째 되던 갓난아이였을 때다. 그런데 유

심히 경청하고 있는 아기 엄마는 갑자기 눈가에 눈물이 고였다. 연유인즉 다음과 같다.

한국전쟁이 발발하던 해, 대포소리가 여기저기에서 들리는 피난길에 이 아기의 아버지는 신경질적으로 말한다.

"에잇! 전쟁통에 이런 애가 뭐가 필요해? 논두렁
에 버려 버려……!"

라는 어처구니없는 말을 들었기 때문이다.

아기 엄마가 눈물을 흘리자 온 가족이 덩달아 글썽인다. 아기 엄마는

"아무리 전쟁터이지만 어떻게 어미가 갓난아이를
내버리고 간단 말인가?"

품에 안고 있는 아이를 한참 쳐다보면서 울먹이며 매우 가슴 아파하는 것이다.

관객 1,400만 돌파 인기영화 〈국제시장〉2014년 개봉. 황정민 주연에서도 아이는 버리지 않았다. 흥남부두 철수 때, 오히려 죽기 살기로 애틋한 가족애를 비치지 않았나? 강한 모성애도 부성애도

형제애도 그대로 스크린에서 눈물겹게 보았지 않았나! 잃어버린 여동생을 찾은 오빠의 절규도 보지 않았나!

힘들게 산통을 겪고 태어난 아이를 헌신짝같이 버리다니! 어떻게 키운 아이인데……. 2시간마다 울어대는 아이는 젖 달라고 운다. 어느 때는 밤낮도 없고 시간 개념도 없이 울어댄다. 말을 할 수 있는 아이라면 얼마나 좋겠는가 들어주게 말이다.

이러한 엄마의 산통과 유아에 무뎌 있는지, 미국 노스캐롤라니아 주의 어느 여성은 출산의 달인達人인가 보다. 10년 동안 6명의 사내아이를 줄줄이 낳았고 그 와중에 최근 귀여운 딸도 낳았다. 오빠들의 나이는 첫째가 13살, 둘째 10살, 셋째 7살, 넷째 5살, 다섯째 4살, 그리고 막내는 2살배기다.

귀하게 태어난 공주라 오빠들은 신이 나서 갓 태어난 여동생의 볼과 목덜미에 강아지마냥 뽀뽀해주는 장면은 그야말로 인간이 만들어낸 최고의 백미다.

가관인 것은 장래 여동생을 보호해주는 보디가드 오빠가 6명이라는 것. 자기 여자동생에게 어느 낯선 사람이 해치거나 하면 감옥에 1,000년 동안 가두어 두겠다고 힘주어 말한다. 훗날 여동생에게 피앙세fiancee, 약혼자가 생긴다면 제일 먼저 오빠들의 윤허를 받아야 하는 당찬 포부를 갖고 있다. 말 그대로 걱정 하나

없이 자라날 수 있는, 세상에서 가장 행복한 공주가 태어난 셈이다.

최근 '통증'에 대한 재미나는 토픽기사를 읽은 적이 있다. 올해 25회째를 맞은 이그노벨상Ig Novel Prize이다. 매년 가을 진짜 노벨상 수상자가 발표되기 2주 전에 시상한다.

몇 년 전 생리학상을 받은 미국 코넬대학의 마이클 스미스 박사의 체험담이다. 그는 자기 몸뚱이가 마루타인양 직접 벌침을 25곳에 찔러 통증 실험을 하여 그 정도를 신체 부위별로 수치화 했다. 그 결과 몹시 아픈 부분은 콧구멍과 윗입술이고 그런대로 참을 만한 곳은 정수리 부분이라 한다. 사타구니와 겨드랑이는 다른 곳보다 두세 배 더 아프다니 정말 흥미로운 실험이 아닐 수 없다.

정말 엄마가 이루는 일은 위대한 것이다. 특히 산모는 얼마나 장하고 힘든 일을 하는가! 이렇게 인간의 '어머니'가 되기 위한 과정은 쓰라리기조차 한 것이다.

마치 '노인과 바다'에서 이틀 동안 상어떼와 사투에서 처절하게 승리한 어부 산티아고처럼. 비록 뼈만 남은 앙상한 청새치를 끌고 오지만……

스티브 잡스, 영원히 살아 있다

– 스테이 헝그리! 스테이 풀리쉬! –

이 세상이 얼마나 아름다운가! 5월의 출퇴근 길에는 주위가 온통 하양, 빨강, 분홍의 꽃들, 그리고 공원에는 알록달록 거대한 꽃 대궐이 차려지고, 아카시아 향기에다 연두색 풀잎과 나뭇잎으로 장관을 이루니 어찌 아름답지 않은가! 게다가 풀잎, 풀잎이라고 반복하여 소리 내어보면, 어감이 마치 봄바람에 스치는 풀잎 소리같이 청량하게 들리니 신비로운 느낌마저 든다.

미국문학의 혁명적인 인물이며 국민시인인 월트 휘트먼 W. Whitman, 1819~1892은 '풀잎'에 대하여 읊었다.

"한 아이가 두 손에 한 움큼 풀을 가져오면서
'풀잎이 무엇입니까?'
라고 물으니
풀잎은 신의 손수건일지도 모른다……." ('Leaves of
Grass'에서)

풀잎 하나 나뭇잎 하나를 보고서 신의 모든 것을 안다는 것, 모든 것을 건성으로 보면 안 된다는 말이니 그의 표현은 정말 신비롭기만 하다.

이러한 자연의 아름다움과 신비로움을 보자니 그 옛날 재즈계의 대부, 루이 암스트롱의 팝송 '이 세상이 얼마나 아름다운가' What a wonderful world가 떠오른다.

"나는 푸른 나무들과 붉은 장미를 바라보아요.
나는 파란 하늘과 하얀 구름을 바라보아요.
하늘에 떠 있는 무지개 일곱 색깔은 너무나 아름다워요……."

그의 옛날 공연장면을 보면 흑인 특유의 하얀 이를 드러내고 트럼펫 반주에 맞추어 노래하는 모습, 또 왼쪽 손에는 트럼펫을 들고 해맑게 웃으면서 열정적으로 부르는 모습, 가끔 찡그리기도 하면서 굵직한 저음으로 호소하는 모습이 너무나 평온하고 행복해보이는 것 같다.

그러나 이 세상이 이렇게 아름답고 신비롭고 행복한데, 그
것을 모르는 사람들이 너무나 많아 안타깝다. 잠시 1927년 퓰리
처상을 받은 손튼 와일더T. Wilder, 1897년~1975의 작품에 대하여 보자.

어느 가정의 일상을 이야기한 그의 희곡 〈우리 마을Our
Town〉이 있다. 젊었을 때 이 세상을 떠난 에밀리Emily가 생애의 하
루를 선택하여 신에게 애걸복걸하는 이야기가 나온다. 딱 하루만
살 수 있게끔 기회를 달라고……

그래서 그녀는 12살의 생일날을 골라 이생에 다시 돌아오
게 된다. 그녀는 주어진 시간을 헛되이 보내지 않으려고 기를 쓰
면서 살아보는데, 자기 가족들이 의외로 진지하게 생활하지 않은
것을 보고 슬프게 생각한다. 결국 어머니에게 필사적으로 울부짖
는다.

"어머니! 우리는 서로를 좀 더 관심 있게 보기로
해요! 제발요!"

그러나 그렇게 바라는 대로 되지 않자 호소한다.

"오오, 지구여! 당신이 너무나 훌륭하기 때문에 모

든 사람들은 당신의 가치를 모르고 있어요. 인간
은 살고 있는 동안 산다고 하는 것이 무엇인지 전
혀 몰라요!"

라 하면서 저세상으로 다시 돌아가 버린다는 애절한 내용
이다.

항상 너무 늦게 깨닫는 것이 우리 인간들의 속성인지라,
지금 바로 내 곁에 있는 사람들과 눈을 마주치고 진정으로 얘기
를 나눌 틈도 없이, 하루하루를 버겁게 살아가는 게 아닌가. 하루
하루의 시간이 얼마나 소중한 것인지 일깨워주는 좋은 교훈이다.

현대인에게 '시간의 소중함'을 누구보다 잘 일깨워주는 사
람이 있다. 몇 년 전 췌장암으로 이 세상을 떠난 금세기 최고의
혁신가 스티브 잡스를 새삼 돌이켜보자.

2005년 미국 스탠포드 대학 졸업식 때 한 그의 명연설을
들어보면 그의 라이프 스토리를 잘 알 수 있다.

그는 20살 때 아버지가 쓰던 차고車庫에서 친구 워즈니악과
둘이서 '애플'이라는 구멍가게 일을 시작한다. 열심히 일하여 10
년 후, '애플'은 아버지의 차고 속 단 두 명에서 20억 불의 매출을
올리는 직원 4천 명의 거대기업으로 발전한다. 이미 그 전 해에
매킨토시라는 훌륭한 제품을 내놓았다. 그의 나이 겨우 서른 살.

잡스는 대학도 제대로 다니지 않았고 양부모에게 자라 남다른 각오였을 것이다. 그는 평상시 사무실에서는 맨발로 다니면서 넝마주의 같이 늘 꾀죄죄한 옷을 입고 다닐 정도로 일에 미쳐 있었다.

17살 때 읽었다는 '경구'警句는 늘 그의 마음을 가다듬게 하였다.

"만약 당신이 하루하루를 마지막 날처럼 산다면,
언젠가 당신의 인생이 분명히 옳은 삶이 될 것이다"

라는 말이다. 그리고 '늘 배고프라. 늘 어리석어라!' Stay Hungry. Stay Foolish 라는 자세로 세상을 살았다고 하니 대단한 의지의 인물임에 틀림없다.

오른쪽 귀퉁이를 한 입 베어 먹은 사과모양의 '애플' 로고를 볼 때마다 잡스가 말한 시간의 소중함과 '스테이 헝그리! 스테이 풀리쉬!'의 정신은 영원히 살아 있을 것이다.

자업자득

- '개미와 베짱이'에서 배우는 것 -

나의 집 거실에는 오래됐지만 아직도 쓸 만한 냉장고가 하나 있다. 그 냉장고 문짝에는 궁서체로 '자업자득'自業自得이라는 직사각형 모양의 종이쪽지가 붙어 있다. 올해의 금언은 이것으로 하여 삶의 큰 지침으로 삼으려 한다.

여유 있는 토요일 오후, 태화강변에 경보를 한답시고 열중하고 있으면 앞에서 달려오는 늘씬한 몸매의 서양인 아가씨가 눈에 띈다. 역동적인 울산에도 이제 글로벌화 돼 예상보다 많은 외국인이 살고 있고 또한 외국에서 많은 이방인이 방문하고 있다. 제법 멀어 보이는 태화강 양쪽 강변은 워낙 넓은 터라 많은 시민들이 나들이 나와 있지만 실은 그렇게 많아 보이지 않다.

그런데 조금 전에 지나쳤던 미국인 아가씨가 다시 맞은편에서 열심히 달려오고 있는데 양쪽 강변거리로 보아 7km 정도의 거리를 한 바퀴 달린 셈이다. 지나가는 사람들 모두가 조깅하고 있는 그 아가씨 모습을 보고 탄성을 지르면서 놀라워한다. 저렇게 열심히 운동을 하니 당연히 날씬한 몸매를 가질 수밖에 없을 거라고……. 그것이 바로 노력만큼 얻을 수 있다는 자업자득이다.

내가 소속된 대학 안에는 여러 시설이 있어 많은 사람이 편리하고 유용하게 이용한다. 대학생들이 가장 많이 찾는 곳이라면 헬스장, 도서관, 컴퓨터실이다.

그중 헬스장에 발을 내딛으면 먼저 음악소리가 활기차다. 음악이라면 주로 운동에 걸맞은, 대학생들이 좋아하는 빠르고 신나는 아이돌 음악이 대부분이다. 나는 젊은 세대는 아니지만 어느새 아이돌 가수의 노래를 저절로 따라 익히게 되고 운동효율도 높여주는 것 같다. 이용자는 대부분 대학생이지만 나이에 상관없이 모두들 신이나 젊음에 흠뻑 취한다.

오래전 중학시절, 수업이 끝나기만 하면 운동장에 쫓아나가 철봉이나 평행봉에 매달렸던 때가 있었다. 그래서 아직도 습관이 남았는지 시간만 나면 이곳을 들락거린다. 덕택에 몸짱은 아니지만 그런대로 건강상 특별한 이상은 없는 것 같아 다행으로 생각한다.

이용객 중에는 7년째 다니고 있는 60대 중반의 미시족 같은 할머니도 있다. 얼굴은 제 나이로 보이지만 몸매는 40대 여성으로 보여 당당하게 생활하는 모습이 매우 좋아 보인다. 이렇게 꾸준한 운동이라면 병든 환자는 물론 어느 누구도 건강인이 될 수 있지 않을까.

미국 버클리 캘리포니아대학 노인의학연구센터에서 실험한 두 마리 쥐 이야기다. 첫 번째 쥐는 큰 우리에 넣고 사다리와 회전바퀴, 집짓기놀이와 같이 흥미를 유발하는 장난감을 넣어주고, 두 번째 쥐는 작고 흥미 없는 우리에 가두어 둔다.

4주가 지난 뒤, 쥐의 뇌를 해부해본 결과, 첫 번째 쥐의 대뇌피질은 다른 쥐보다 두껍고 무거웠다. 또한 신경조직기능의 기본세포 뉴런neuron이 커져 있었고 신경교질세포의 수와 신경자극 전달을 돕는 효소의 양도 많아진 사실을 발견한 것이다.

이것은 다시 말하면, 육체와 두뇌 두 가지를 겸비하는 운동이야말로 가장 좋은 건강유지 방법이 된다는 것이다.

생뚱맞은 이야기이지만 예능계의 예를 하나 들어보자. 오래된 이야기지만 라디오 방송 딴지일보의 시사대담 녹음파일이

외부로 퍼져나갔는데, 방송할 때 늘 얄밉게 말하는 어느 예능스타는 그 당시 종군위안부 비하발언으로 막말파문에 휩싸이게 되었다. 지금은 사회적 파장이 너무 커 방송 전면중단을 선언하고 조용히 근신하고 있다. 거의 10년이 지난 지금 막말파문이 다시 문제가 된 것을 보고서, 그는 입 밖에 나온 말을 다시 주워 담을 수 없다는 세상의 진리를 새삼스럽게 깨달았다며 크게 반성하고 있다. 자업자득이다.

어릴 때부터 자주 들어온 우화 '개미와 베짱이'를 다시 한 번 음미하자. 추운 겨울이 지나가고 따뜻한 봄이 오면 개미의 부지런함이 눈에 띈다. 조직적이고 체계적인 개미사회는 인간들도 많이 배워야 할 대상이 아닌가? 아침이고 밤이고 가릴 것 없이 개미는 열심히 일을 하고 먹이를 구하러 다니기에 바쁘다.

그것에 비하여 베짱이는 이른 봄부터 벼가 거둬지는 가을철까지 긴 기간 동안 바이올린과 탬버린을 치면서 지칠 대로 놀기에만 열중한다. 한겨울이 오는 것도 모르는 체 말이다. 눈 오는 겨울 땅, 얼음으로 덮여 있는 베짱이 집에는 먹을 것이라곤 쌀 한 톨 없어 서글프기 짝이 없다.

이 같은 베짱이의 처량한 현실을 보면서 우리의 삶은 운동을 하던 사업을 하던 무슨 일을 하던 본인이 지은 만큼 반드시 은혜를 받을 뿐 아니라 벌칙도 따른다는 지극히 당연한 섭리를 터득하게 한다.

칭기즈 칸의 매鷹
- '화'火는 이렇게 다스려라! -

　　나는 평상시 독서를 많이 하지 않지만 관심 있는 강연이라면 어디든 쫓아가서 듣는 버릇이 있다. 그 옛날 중학교 담임선생님의 통 큰 생각이 나를 잘 인도해주신 것 같아 늘 고맙게 생각하고 있다.

　　몇 년 전의 일이다. 대학 내 평생교육원에서 주최한 초청 강연회다. 다름 아닌 신바람 웃음 전도사로 유명한 의학박사의 강연. 그는 강연에서 자주 웃으면 누구든지 건강하게 살 수 있다는 점을 강조한다. 그의 얼굴 모습은 좀 무서워 보이지만 늘 억지로 웃으려하는 모습이 퍽 인상적이다. 이 각박한 세상에 웃어야 할 일은 별로 없지만, 그럴 때 그냥 웃기만 하면 웃는 그 모습이 우스워서 또 웃게 된다는 주의다. 매일매일 화내지 말고 웃으면서 산다면, 아픈 병도 낫고 건강히 오래 살 수 있다는 것이다.

> "인간이 동물에게 없는 것이 딱 하나 있는데 그것이 '웃음보'이지요. 여러분들 집에서 키우는 개를 한번 웃겨보세요! 그놈이 웃는지. 웃지 않으면 간지럼을 한번 태워보세요! 깨갱깨갱…… 소리만 내지 웃지는 않아요!"

그 웃음박사가 2012년 구랍 30일 타계하셨다. 아직도 나의 눈에는 그분의 인상적인 모습이 생생히 남아 있다. 웃고 사는 것이 무엇보다 중요하다고 항상 재미있고 정열적으로 설명하던 그분인데, 삼가 조의를 표한다.

우리나라는 월남전쟁 때 우방국으로 맹호부대 군인을 파견하여 도왔지만, 중국 북쪽에 위치한 몽골국은 말馬을 지원해주었다. 그만큼 말이 많은 나라다.

한때 세상에서 가장 넓은 땅을 정복한 '칭기즈 칸'이, 전쟁터에서 돌아와 잠시 막사에서 쉬면서 잘 조련된 매鷹를 쓰다듬고 있었다.

사냥을 하려고 활을 겨누고 있을 때 매가 갑자기 주인의 팔을 탁 쳐버렸다. "아니 이놈이……." 감히 어처구니없는 짓을 한 것이다. 다시 쏘려고 하니 또 쳐버렸다. 너무 화가 난 칭기즈 칸은 순간적으로 자기의 애매를 그 자리에서 죽여버렸다.

바로 그 순간 그의 발 아래쪽에는 무서운 독사가 그를 덮칠 기세였다. 이런 연유도 모른 채 홧김에 죽였으니…….

후일 그는 애지중지 키운 애매를 기리기 위해 순금으로 된 조형물을 만들어 미안한 마음을 달랬다고 한다.

그 후부터는 어느 누구가 잘못하더라도 매사 신중하게 판단하기로 결심했다고 한다. 옛날 로마의 초대 황제 옥타비아누스가 말한 좌우명 '천천히 서둘러라!'Festina lente가 가슴에 와 닿는다.

1995년 미국 정신의학회는 울화병이라고도 하는 '화병'火病을, 한국어 발음 그대로 'Hwa-byung'으로 표기했다. 화를 참는 일이 반복되어 스트레스성 장애를 일으키는 신경질환으로 한국인에게서 가장 많이 보이는 특이현상의 병이라고 했다. 이유인즉, 한국민족은 문화특성상 자신의 감정을 분출해내기보다 잘 참는 것을 미덕으로 여기는 성품을 갖고 있기 때문이라는 것이다. 한국인을 대상으로 연구할 만한 분야이기도 하다.

정신의학적으로 화의 증상에 대한 진행과정은 다음과 같다. 먼저 화가 나서 자극을 받는 '충격'의 시기를 거쳐 그다음 '갈

등'의 시기로 이어간다. 이 갈등기의 환자들은 근본적인 문제해결보다 차츰 자신의 불행을 그대로 받아들이는 마음, 즉 운명으로 생각한다. 다음에는 신체에 증후가 나타나는 '증상'의 시기로 이행한다고 한다.

베트남의 유명한 틱낫한Thich Nhat Hanh, 釋一行, 1926~ 스님은 '화를 다스리는 법'을 몸소 깨달았던 것 같다. 그의 저서 『마음에는 평화, 얼굴에는 미소』에서 다음과 같이 이야기하고 있다.

화가 났을 때는, 일단 동작을 멈추고 호흡에 집중하여 화를 자각한다. 그리고 내 안에서 화의 원인을 찾은 후, 부정적인 에너지를 긍정적인 에너지로 변화시키면 화가 풀린다는 것이다.

화는 마치 갓난아기와 같아 세밀하게 다루지 않으면 안 되는데 아기를 보듬어주듯 화를 자각해야 한다. 그렇게 하면 화와 소통할 수 있고 화를 곱게 잠재울 수 있다는 것이다.

화는 그 자체만 살고 있는 것이 아니라 행복, 기쁨 등 좋은 감정과 같이 살고 있다. 잠시 화를 인지하고 보듬은 후에야 비로소 가슴에 아름다운 꽃이 핀다는 것이다.

우리 인간은 일주일에 적어도 서너 번 화를 낸다고 한다. 칭기즈 칸의 매에 대한 순간 화풀이는 오늘날 우리들의 일상생활에 시사하는 바 크다.

화를 다스리는 방법은 이같이 선각자들의 경험도 중요하다. 그러나 나의 경우는 평상시 매사 긍정적으로 생각해보는 것, 잠을 푹 자는 것, 땀이 흐를 정도로 걸어보는 것, 그리고 힐링음악을 듣는 것 등으로 무서운 화의 소굴에서 벗어나고 있다.

소고기 3인분과 티베트 아가씨

– 오늘 니가 한 일이 뭐꼬? –

티베트라는 나라는 크기가 한반도의 15배나 되는 큰 나라다. 또한 중국과 인접해 있다. 이 정도라면 그런대로 그 나라에 대해서 좀 아는 편이 아닌가. 보통 상식으로 느끼는 이미지는 '달라이 라마'D. Lama, 1935~라는 정신적 지도자가 생각나고 세계에서 가장 높은 히말라야 고봉이 머릿속에 떠오른다.

언젠가 토요일 아침 일찍, 우연히 TV 프로에서 보여준 한 장면이 가슴을 울렸다. 송이버섯을 채취하는 산골모녀 이야기를 사실적으로 다루었던 프로다.

장소는 티베트 자치구의 '샹그릴라'라는 산골. 히말라야산맥 자락에 있는 이곳은 해발 3천300m의 고산지대. 산봉우리가 480개나 된다고 하니 대단하다. 이 모녀에게 가장 큰 수입은 송이버섯 채취로 번 돈인데 하루 동안 걸어야 할 거리는 자그마치 30*km*나 된다.

주인공인 산골 아가씨는, 구릿빛 색깔 얼굴에 아직 어린 티가 나지만 여성스러움이 듬뿍 배어 있다. 화장이나 하고 청바지를 입었으면 정말 멋쟁이 아가씨로 요술같이 변할 것 같다. 지금까지 이 송이버섯 채취 일을 12년이나 하고 있는 22세 산골소녀의 모습이 시청자들의 가슴을 내내 울린다. 우리로 말하면 대학 2, 3학년쯤 되어 보이는 학생으로 생각하면 딱 맞을 것이다.

낡고 허름한 운동화를 신었는데도 산을 제법 잘 오른다. 우리라면 명품 캐주얼 등산화에 신축성 있는 바지를 입고 멋도 부리면서 오를 텐데…… 기껏 망태를 등에 매고 머리에는 티베트인들이 즐겨 쓰는 붉은색 터번을 하고 있다. 올해 40년째 버섯을 따는 그녀의 어머니도 구릿빛 얼굴의 베테랑 산골아줌마다.

송이버섯 채취는 그들의 주어진 삶 자체. 이 일을 하지 않으면 먹고살 수 없다. 비가 많이 오는 7, 8, 9월 우기에 채취해야 한다. 그러면 나머지 기간 동안은 근근이 살아갈 수 있단다.

이 기간의 강수량은 일 년 중 거의 80%가 내리는데 습기를 좋아하는 버섯에게는 최적의 조건이다. 이때가 되면 남녀노소 수천 명이 송이 채취를 위해 이곳 산기슭에 모여드는데 나지막한 산에는 버섯이라곤 아예 없다. 높고 경사진 곳으로 올라갈수록 많이 딸 수가 있고 질 좋은 최상품의 버섯도 찾을 수 있다.

산길을 오르다가 잘못해 젖은 나뭇가지에 미끄러져 다치기도 하고 심지어 죽기까지 하는 극한 직업이다. 그래서 두 모녀는 원숭이마냥 네 발로 기어오르는데 보기에 가관이다. 때가 되면 끼니를 때우지만 잘 먹지를 못한다. 혹시나 몸이 조금이라도 무거우면 올라가기 힘들기 때문이다. 기껏 먹어봐야 치즈 몇 조각과 손수 만든 요구르트로 허기를 채울 수밖에 없다.

결국 모녀가 1박 2일 극한작업을 해 채취한 송이버섯은, 중간거래자에게 고작 272위안약 5만 원에 싼값으로 넘긴다. 그 돈으로 세간살이 물건을 사면서 생활해나가는 것이다.

이 같은 산골 모녀의 모습을 볼라치면 굉장한 허탈감에 빠지게 된다. 나는 이날 토요일 점심은 오랜만에 아내와 같이 소고기를 먹기로 약속해버렸다. 왜냐하면 모레가 나의 생일이고 오랜만에 단백질 보충도 하기 위해 겸사로 먹기로 약속한 것이다. 또한 내가 아는 식당은 소고기 맛도 좋고 구수한 된장찌개가 일품이라 더욱 그렇다.

공교롭게 아침 TV프로에서, 저 멀리 타국에서 일어난 이 같이 처절하고 악착같은 생존투쟁의 실상을 접하게 됐다. 이틀 동안 극한작업에서 벌어들인 모녀의 수입은 기껏 5만 원. 그것을 생각하면 그날 약속한 오랜만의 소고기 식사는 도저히 먹을 수 없었다.

참을 수 없는 식탐으로 실행에 옮겨버려 마음이 편치 않았다. 옆자리에는 무례하고 무지막지한 아줌마들의 시끄러운 잡담으로 식사는 엉망이 됐다. 한술 더 떠서 고기를 먹고 난 후 맛있던 된장찌개까지 소금덩어리여서 만신진창이가 됐다.

신이여! 저렇게 티베트의 산골모녀같이 처절하게 번 그들의 수입이, 아니 그 높은 히말라야 고봉에 올라가 생과 사를 넘나들면서 번 돈이 고작 5만 원입니다…….

신이시여! 한가한 토요일 하루, 맑고 좋은 날, 그냥 편하게 아무런 일도 하지 않고 무위도식하는 내가, 아내와 같이 먹은 점심값이 소고기등심 3인분 6만 6천 원, 공기밥 2개 4천 원, 맥주 1병 3천 원, 합이 7만 3천 원이었습니다……. 이런 못난 짓을 했으니 있을 수 없는 잘못을 한 것이지요?

성철1912~1993 큰스님이 평상시 말씀하시기를

"오늘 니가 한 일이 뭐꼬?"

라고 한 말이 문득 떠오른다.

"예, 저는 오늘 아무 일도 하지 않았습니다."
"그러니까 니놈은 아무것도 하지 않고 밥을 처먹
었단 말인가?"
"예, 스님!"
"니놈이 바로 밥 도둑놈 중에 상도둑놈이대이, 알
았나 이 새끼야!"

우리를 보고 말씀하신 것 같다. 오늘 밤은 정말 잠을 제대
로 이룰 수 없을 것 같다. 성철 큰스님! 정말 죽을죄를 지었습니
다. 진심으로 참회합니다.

세상에 이런 순애보가!

− 난 당신 결혼식에 갔었지요 −

동족의 비극을 겪은 지 70여 년째 되고 있다. 이젠 절대로 '전쟁'은 두 번 다시 있어서는 안 될 것이다.

한국전쟁을 계기로 생긴 팝송 하나가 생각난다. 금세기 가장 많이 애청되는 팝송가수를 꼽으라면 미국의 '페티 페이지'Patti page, 1927~2013일 것이다. 우리나라에 3번이나 내한공연을 한 그녀는 6년 전 새해 벽두 85세 나이로 우리 곁을 떠났다. 주옥같은 팝송 가운데 눈에 띄는 노래 '난 당신 결혼식에 갔지요.'I went to your wedding가 있다. 1952년 히트곡으로 빌보드 차트에 5주 연속 톱을 차지한 애절하고 잔잔한 음악이다. 노래 가사가 너무나 애절하기에 살펴보니 정말 실화實話가 아니던가!

1950년 한국전쟁에 참전했던 한 미군 용사가 전쟁이 끝난 후 고국에 돌아가보니 사랑하는 자기 애인이 결혼식을 올리고 있다는 가사다.

내용인즉 전쟁통에 한 병사가 행방불명이 됐다. 그래서 그 가족과 애인은 돌아오지 않는 그를 장례까지 치렀고 결국 다른 남자와 결혼한다. 기가 막히게도 고국으로 살아서 돌아온 그 병사는 애인의 결혼식장에 갑자기 나타나 그 장면을 본다.

> 난 당신 결혼식에 갔었지요.
> 당신을 떠나보내야 한다는 생각을 하면서 말이지요.
> 오르간이 연주되고 있었어요. (중략)
> 당신의 엄마가 울었고,
> 당신의 아빠도 울었어요.
> 그리고 나도 울고 말았지요. (「I went to your wedding」에서)

한국전쟁에 관한 이야기를 하나 더 하자. 앞 이야기와는 다소 다르지만 몇 년 전 미국 LA방송이 전한 미군포로에 관한 이야기다.

94세 아내 '노클래라'는 거무스레한 얼굴을 하고 있으면서 아직 건강하게 보였다. 비행기 트랩에서 내려오는 남편의 유해를 유심히 보고는 기가 막혀 말을 하지 못한다. 비록 성조기에 감싸여 있는 모습에 애국심을 느끼기는 하지만 지나간 긴 세월을 생각하면 '이 세상'을 무엇이라고 생각했겠는가! 한국전쟁 당시 1950년, 포로로 잡혀 이듬해 포로수용소에서 사망한 남편의 유해가 장장 63년 만에 돌아온 것이다.

그들의 사랑은, 실은 1946년 텍사스에서 로스앤젤레스로 돌아오는 기차 안에서 시작된다. 그러나 2년 후 결혼을 하고 몇 년 되지 않은 행복한 생활마저 잠깐 곧바로 전장으로 투입된다. 이 젊은 남편은 전장으로 떠나면서 말하기를

"전쟁터에 나가서 나한테 무슨 일이 생기면 재혼해요!"

라고……. 그 말에 아내는 절대 그렇게 하지 않겠다고 대답한다. 그리고 63년이 흘러 공항에 마중 나온 아내는 이야기한다.

"내가 살아 있는 동안 남편의 유해라도 봐 너무나 기뻐요. 이제야 편히 눈을 감게 됐어요……."

세상에 이런 '순애보'가 또 어디 있는가? 비록 바다 건너먼 미국땅 이야기지만 한국식 그녀의 수절에 너무나 감동스러울 따름이다.

영국의 세계적 문호 셰익스피어. 그의 희곡 〈로미오와 줄

리엣〉(1597)을 영화화한 적이 있다. 원수 사이인 이탈리아 베로나의 명문 몬터규가家의 아들 '로미오'와, 캐플렛가家의 딸 '줄리엣'의 비극적인 사랑을 다룬 작품이다. 모든 시대를 통틀어 '가장 유명한 사랑의 짝'이 돼버린 두 사람. 모두가 그들의 이름을 알고, 그들의 사랑이 죽음으로 끝난다는 것도 다 알고 있는 내용이다.

양 집안의 반대를 무릅쓰고 사랑하는데 어쩌면 그들의 사랑은 가족과 법보다도 더 강력하고, 그 사랑은 결국 죽음보다 더 강력하지 않던가?

1968년 이 영화의 주인공을 뽑기 위해 500명의 오디션에서 선발된 17살의 여주인공 '올리비아 핫세.' 몸의 아름다움도 놀랍지만 그녀의 초록색 눈동자야말로 아름답기 그지없다. 수많은 청혼을 거절한 그녀는 결혼 후 다음과 같은 명언을 남긴다.

"나의 남편은 나를 이해해줄 줄 알고 존중할 줄 아는 그런 사람"

이라는 것이다.

오늘날의 젊은이들에게 경종을 울린다. 이와 같은 고전적인 순애보까지는 아니더라도 '진정하고 숭고한 결혼'의 자세는 진정 잊지 말아야 할 것이다.

동물과 '보은'

– 충견과 수달에게서 배우는 것 –

일본에서 사랑받는 반려동물이 있다면 고양이다. 그러나 한국에서는 영물靈物로 취급돼 별로 사랑받지 못하는 것 같다. 반면 개는 두 나라에서 모두 환영받는 동물이다.

몇 년 전 동경의 어느 주택가를 걷고 있던 중, 조그마한 놀이터에 개들의 모임을 마주한 적이 있다. 반려견을 위한 모임이랄까 이날따라 강아지를 어떻게 관리하면 좋은지 애견 전문강사가 직접 교육하는 모임이다. 애견을 키우는 주인이 귀여운 강아지들과 함께 진지하게 설명을 듣고 있는 광경을 보니 뭔가 진귀하게 보였다.

너무나 주인을 잘 따르는 개. 왜 그렇게 길들여 있는지 생각하면 이유는 간단하다. 먹을 것을 잘 준다는 것 ……. 고양이라는 놈은 먹이를 주는 주인에게 가끔 물거나 앙칼지게 덤빌 때도 있다. 그렇지만 개는 주인을 물거나 덤벼드는 짓은 하지 않는다. 주인에게 먹이를 받아먹으니 절대 충성해야 된다는 뜻이다. 그래서 혹자는 개는 치사한 놈이라 하여 그와 같은 사람을 개새끼로 비하하기도 한다.

90여 년 전 동경대 농학부의 '우에노'上野英三朗, 1872~1925라는 교수에게 그야말로 충견 중에 충견 한 마리가 있었다. 이 개는 평상시 주인이 출퇴근하는 시부야渋谷역까지 늘 뒤따르고 있었다. 눈이 오든 비가 오든 늘 배웅하고 마중하는 일을 했다.

충견의 주인은 어느 날 학교에서 근무 중 급사하게 된다. 유품이 집으로 배달되자 주인의 냄새인 것을 알고서 3일 동안 아무 것도 먹지 않고 그것을 지켰다고 한다. 주인이 죽은 사실을 모르는 충견은 늘상 하는 대로 10년 동안이나 역에서 기다리다 결국 죽게 되었다. 주위 사람들은 매우 감동해 시부야역에 조그마한 개 동상ハチ公을 세워주워 충견의 뜻을 기렸다고 한다.

'수달'이라는 족제비 과에 속하는 동물이 있다. 한자로 쓰면 水獺이다. 풀이를 하면 물水에 사는 동물로, 어디엔가 의지賴를 잘하는 동물猿이라는 뜻의 한자다. 보은報恩 잘 하는 놈, 명색이

삼강오륜을 잘 아는 동물이라는 것이다.

예부터 고기를 잡으면 봄가을로 조상에게 제사를 지내는 것으로 알려져 왔다. 고기를 잡으면 두 앞발을 모아 머리를 숙이고 접근하여 살아 있는지 여부를 확인하는 습성을 갖고 있다. 아마도 이 모습이 마치 제사 지내는 모습으로 생각한 것일 테다.

수달과 달리 산에 사는 '산달'이라는 놈도 있다. 이놈은 암놈이 거의 없고 수놈만 있다. 양기가 얼마나 좋은지 산속에 이놈만 나타나면 온갖 암컷 짐승들은 죄다 피신해 버릴 정도라 한다.

옛부터 전해 내려오는 수달에 관한 '보은' 이야기를 하자.

당나라 때 수달 열 마리로 생계를 유지했다는 '호북'湖北 할아버지가 있었다. 할아버지가 강가에서 손뼉만 치기만 하면 즉시 잉어를 잡아와 강아지처럼 응석부리며 건네주었다는 기록도 있다.

조선 인조때 김천석金天錫이 정치적 사건을 편년체로 만든 명륜록明倫錄에, 수달의 선행이 잘 기록되어 있어 흥미롭다.

한 효자가 엄동설한에 잉어를 먹고 싶어 하는 노모와 같이 살았다. 그 효자는 노모의 소원을 거스를 수 없어 강가에 가서 매일 기도를 했다고 한다. 소원에 동요했는지 수달은 잉어 한 마리를 잡아다가 곁에 놓고 갔다는 이야기도 있다.

지리산 동쪽 산청군 단성에 명금이命金伊라는 효녀가 있었다. 그녀는 남의 집 종살이를 하면서도 어머니를 지성으로 섬겼다. 가난한 살림에도 아침저녁으로 고기 반찬을 빠뜨린 적이 없을 정도였다.

어느 날 어머니가 이질에 걸렸는데 물고기가 약이라 하여 구하러 다녔다. 엄동의 얼음 속에서 구하기가 어려워 명금이는 물가에 서서 슬피 울었는데, 딱한 사정을 어떻게 알았는지 수달이 물고기를 잡아서 던져 주었다고 한다.

그 덕에 어머니는 물고기를 먹고 병에서 나았나. 모두늘 그녀의 효성이 하늘을 감동시켜 어머니를 낫게 했다고 한다.

1991년 강원도에서 있었던 최근의 이야기다. 밀물에 떠내려온 새끼수달 한 마리가, 장난꾸러기 아이들에게 잡혀 심한 곤혹을 치루고 있었다. 그때 속초의 한 전경이 새끼수달을 구하여 사흘간 정성스레 먹여주고 하여 다시 강으로 돌려보냈다.

놀랍게도 몇칠 후 돌보아준 전경을 찾아와 하루도 거르지 않고 친구로 지내면서 귀여움을 부렸다 한다. 그것도 1년 내내 말이다. 전경은 마음의 큰 보은이라 생각하고 감동했다.

동물로부터 우리 인간들은 깨달을 것이 많이 있다. 효의 마음이 밑바닥까지 떨어져 있는 요즈음 세상, 부모에게 자주 효도는 못할지언정 조그마한 보은의 마음을 한번 가져봄은 어떤가?

자비와 선

- '향기' 나는 사람 -

울산은 한국에서 가장 역동적인 공업도시다. 그런 역동적인 면과 달리 도시 주위에는 그야말로 황금알 같은 차분한 곳이 많이 있다.

북쪽으로 한 30분 가면 신라시대 연회장소로 젊은 화랑들이 풍류를 즐기며 기상을 배우던 경주 '포석정'이 있고, 동쪽으로 30분 가면 아름다운 코발트색의 '정자' 바다가 나온다. 또 남서 방향으로 30여 분 내려가면 한국의 3대 사찰로 붓다의 진신사리를 모신 '통도사'가 나온다.

초파일이 되면 그 경내 도로 양옆에는 알록달록한 연등이 바람에 흔들려 마치 봄날을 더욱 짙게 물들게 한다. 안으로 조용히 들어서면 두 개의 길을 만나는데 차량은 아스팔트길로, 사람들은 우람한 소나무 숲속 보행로로 들어선다. 사찰을 둘러싸고 있는 높은 산은 인도의 영취산을 닮았다 하여 이름을 영취산靈鷲山이라 지었는데 말 그대로 독수리鷲 날개모양을 하고 있다.

놀랍게도 경내에는 '암자'庵子가 무려 20여 개나 자리하고 있다. 우리가 알고 있는 암자란 그저 산중턱에 있는 조그마한 절터로 생각하지만 이곳 암자 하나가 서울 조계사 크기만 하다. 그런 것이 20여 개나 군데군데 산재하고 있으니 놀라지 않을 수 없다. 중심에는 주 사찰이 있고 1시간 반 정도 힘들게 산으로 올라가면 깊은 산속 암자도 나온다.

또한 수백 개의 장독이 진열돼 있는 어느 암자에는 희귀한 야생화를 실컷 구경할 수 있다. 게다가 불심이 강한 사람의 눈에만 보인다는 금개구리金蛙를 직접 친견할 수 있는 신비한 암자도 있으니 더욱 신비스러운 기분이 든다.

이 영취산의 사계절 중 특히 봄날의 모습은 어떤가. 구름 뭉실뭉실 떠 있는 듯한 연두색 숲을 보면 초스피드 화가 밥로스 Bob Ross의 풍경화와 크게 다를 바 없다.

하물며 배가 고프면 아무 암자에나 들어가 공짜로 밥공양도 할 수 있다. 어느 누구에게도 '자비'를 베풀고 있으니 얼마나 좋은 일인가! 나는 초파일이 되면 암자 몇 군데를 기꺼이 참배한다. 그날만큼은 배불리 공양해 석가의 자비심을 듬뿍 받아보기 위해서다.

'자비'란, 말 그대로 자慈와 비悲가 합쳐진 말이다. '자'는 사랑하는 마음愛念을 가지고 중생에게 낙樂을 주는 것이고, '비'는 불쌍히 여기는 마음憐念을 가지고 중생의 고苦를 없애주는 사랑이다. 이것은 이기적인 탐욕을 벗어나 넓은 마음으로 질투심과 분노를 극복할 때에만 발휘될 수 있는 것이다.

모두들 잘 아는 『왕자와 거지』라는 소설이 있다. 미국의 대문호 마크 트웨인M. Twain, 1835~1910이 46세 때 발표한 작품이다. 12~13세기에 북유럽에서 전해오던 전설을 바탕으로 쓴 사회 풍자소설로 우리들에게 많은 교훈을 준다.

두 소년은 한 날 한 시에 태어났음에도 '고귀한 왕자와 비천한 거지'라는 전혀 다른 환경의 두 사람이 신분을 서로 바꾸어 살면서 일어나는 해프닝 내용이다.

만약 왕자 에드워드 6세가 거지인 톰 캔티가 되지 않았다면 서민들의 눈물, 아픔, 고통, 비참함을 알지 못한 채 나라를 통치했을 것이다. 반면 톰 캔티는 처음에는 양심에 찔려 왕자의 삶을 거부했지만 그 역시도 서서히 호화스러운 궁전생활에 젖어 행렬에서 마주친 어머니를 모른다고까지 한다. 만약 그에게 '선한' 양심이 없었다면 진짜 왕자의 진실을 외면했을 것이다.

세상은 권력으로 사람을 이용하고 법을 악용하는 이들이 많다. 하지만 그 누구도 오래 그 자리에 앉아 있을 수 없을 것이다. 그 자리를 떠날지라도 '자비와 선善'을 베풀어 오랜 기간 '향기 나는 아름다운 사람'이 돼야 한다.

비틀즈의 '렛잇비'

– 그냥 순리대로 살아요! –

영국의 유명한 팝의 전설 '비틀즈'가 있다. 수년 전 잠실경기장에서 열릴 예정인 비틀즈의 멤버 '폴 매카트니' P. McCartney, 1942~의 공연이다. 아쉽게도 건강상의 문제로 취소되었는데 올해 그의 나이는 일흔 중반이다.

그는 재작년 엘리자베스 2세 여왕즉위 60주년을 기념하여, 버킹엄궁전에서 열렸던 쥬빌리 콘서트에서 목 놓아 노래 부른 적이 있다.

안타깝게도 그때부터 더 이상 옛날보다 고음은 나오지 않았다. 그러나 잔잔하게 피아노 건반을 두드리면서 마음에서 뿜어 나오는 그의 히트송 '렛잇비'Let it be는 많은 사람들을 감동시켰다. 놀라운 건 최후의 걸작인 그 노래에 '심오한' 내용이 흐른다는 사실이다.

폴의 어머니는 46세의 젊은 나이로 이 세상을 떠났다. 그는 너무나 큰 충격으로 방황하게 되었는데 '기타' 악기를 만남으로써 어지러운 그의 마음을 간신히 달랠 수 있었다. 기껏 그의 나이 14살 때다. 잠깐 그 곡을 차분히 들어보자.

> 내가 근심의 시기에 처해 있을 때
> 어머니 메리Mother Mary는 내게 다가와
> 지혜의 말씀을 해주셨어요.
> "그냥 순리대로 살아라Let it be!"
> 암흑의 시간 중에도……. ('Let it be'에서)

이렇게 '렛잇비'를 41번이나 반복하면서 만인들에게 외치고 있다. 그가 그룹활동을 하면서 정신적 육체적으로 매우 지쳐 있던 시기에 만든 곡이라 그만큼 반향이 높다.

> "어느 날 침대에 누워 요즘 상황을 생각해보았는데, 생각하면 할수록 머리가 복잡했어요. 그렇게 잠이 들다가 꿈속에 어머니가 나타나셨는데 정말로 기뻤어요. 그리고 나에게 새로운 힘을 불어넣어 주셨어요! '렛잇비'라고 충고하면서요……"

라고 작곡의 배경을 회상한다.

아마도 그 충고의 말은 '괜히 이런저런 일에 맞서 싸우지 말고, 마음을 편하게 먹고 그저 흘러가는 대로 몸을 맡기면 모든 일이 알아서 해결된다'는 뜻일 것이다. 어머니가 꿈속에서 들려주신 이 말은 아들 폴에게 너무나도 소중하고 귀하게 다가와 자신과 비슷한 처지에 있는 사람들에게 큰 용기를 주려 했던 곡일 것이다.

이 가사에 등장하는 'Mother Mary'란 인물은 '성모마리아'를 지칭하는 경우도 있고, 실제 폴의 어머니 '메리'를 직접 가리키는 경우도 있다.

비틀즈의 50년 음악인생은 끊임없이 번뜩이는 창조적 영감일 텐데, 특히 '렛잇비'는 초월명상에 기인하는 것 같다. 이 명상은 불교에 근본을 두고 있어 불교적 사상으로 설명할 수 있다. 선지식 법정法頂 1932~2010 은 '삶'에 대하여 다음과 같이 법문한다.

"하나도 버릴 것 없는 세상입니다.
즐거움은 즐거움대로 괴로움은 괴로움대로
인연 따라 온 것 인연 따라 마음 열어 받아들이면
그만입니다.
그렇게 가만히 흘러가도록 내버려두면 되는 것입니다.

그것이 우리네 기막힌 삶입니다." (버릴 것도 없고 잡을 것도 없다'에서)

바로 '순리'의 본질을 함축하고 있는 것이다.

성경Bible의 소중한 이야기도 보태자. 시사주간지 타임Time은 이 '렛잇비'의 표현에 대해 냉철히 분석하고 있다. 루가복음에 있는

"이 몸은 주님의 종입니다. 지금 말씀대로 저에게 이루어지기를 바랍니다"

의 구절은 '당신의 뜻대로 이루어지게 하소서'라는 의미로 해석된다고 한다.

어디까지나 '렛잇비'는 '내버려둬라'고 하는 포기나 외면의 뜻이 아니다. 새로운 차원에서의 희망이며 하느님에게 의지하라는 뜻일 것이다. 이것 또한 '순리'의 원리가 아닐 수 없다.

동서양의 사상이 혼재되어 있는 비틀즈의 '렛잇비'는 우리들에게 시사하는 바가 크다. 우리의 삶이란 억지로 되지 않는 법이다. 세상의 이치대로 세상의 '순리'에 따라 맡겨두는 것이야말로 중요할 것이다.

동대구를 지나서

‑ 오늘따라 어머니가 몹시 그립다 ‑

울산행 경부선 열차에서 글을 쓴다. 매주 화요일 정오 서울역에서 출발하는 열차다. 괜스레 그것과 무관한 ‘대전발 0시 50분’이 머릿속에 떠오르다니 ……

서울역을 가기 위해 지하철로 투벅투벅 발을 옮긴다. 뭔가에 몰두하다 그만 내릴 곳을 놓쳐버렸다. 노자와 공자, 아리스토텔레스와 헤라클레이토스, 붓다의 수제자 ‘아난다’阿難陀를 생각하다 내려야 할 ‘종로3가역’을 놓친 것이다. 늦게야 알아차린 곳은 한참 지난 ‘압구정역’이라는 곳. 여유 있게 집에서 출발한 것이 천만다행이었다.

좋아하는 커피 한잔과 단팥빵을 비닐에 담아 서울역 구내로 들어오니 코레일에서 대대적으로 상춘객을 유혹한다. 선물도 잔뜩 건넨다. 아니나 다를까 국내여행에 관심이 많은 차에 참 잘됐다. 여기저기 유명 명소에 대하여 질문을 하니 친절하게 응대해준다. 여수, 통영, 보성, 전주, 경주, 춘천은 다 가봤지만 강릉은 아직 미지未知의 도시다. 평창을 거쳐 가는 강경선江景線을 타면 빠르고 편리하단다. 강릉에는 꼭 가보고 싶다. 좋아하는 강릉 출신 이순원 작가의 향리鄕里이기 때문이다.

그가 애향심으로 개발했다는 올레길도 둘러볼 겸 해서다. 그는 강원도 말로 '바위'를 '바우'라 하여 '바우길'로 명명했다. 바빌로니아 신화에, 손으로 한번 쓰다듬는 것만으로 중병을 낫게 한다는 '바우'Bau 여신의 이름도 나오니 더욱 신비롭고 매력적이지 아닐 수 없다. 강릉을 중심으로 350킬로나 펼쳐지는 트레킹 코스. 강릉 바우길 16개, 대관령 바우길 2개, 울트라 바우길, 계곡 바우길로 이루어져 있어 국내 어느 코스보다 진귀하다.

여러 번 울산으로 강의여행을 해보아 여유 있는 시간에 도착하는 것이 습관이 된 것 같다. 출발 10분 전, 좌석에 여유로이 안착하여 커피 한잔의 여유를 즐기면서 봄날의 아름다운 차창을 만끽한다. 그러는 사이 벌써 내 고향 '동대구'달구벌라 안내 방송한다. 아니나 다를까 조금 전부터 예감이 왔다. 내가 태어난 땅기운地氣은 어쩔 수 없는가 보다 ……. 왠지 그쪽으로 자꾸 시선이 간

것도 심심상인心心相印이지 않는가. 나의 모향母鄕집 가까이를 통과했다는 뜻이다. 그렇다. 저 멀리 내가 살던 기와집지금은 큰형님이 거주함이 어럼풋이 보이지 않는가.

어머니는 돌아가셨지만 마음은 그쪽으로 힘차게 달려간다. 널따란 기와집, 한여름 땡볕이 내리쬐는 바깥마당의 배추밭, 그 위에 풀풀 날아다니던 고추잠자리와 흰나비와 벌, 우리축사에서 꿀꿀 울어대는 새끼 돼지, 갓 부화한 새끼들에게 먹이를 주러 처마 밑 둥지로 들락날락하는 어미제비, 모든 것이 뭉실뭉실 물안개처럼 피어오른다.

동네 큰 마당에서 발 빠르게 뛰어놀던 야구 친구들, 캐처망을 쓰고 무서움에 이기며 야구공 받던 추억, 건넛집 딸 부잣집의 착한 순희 누나, 훗날 신부神父가 되었다는 친구 형 영식이, 속속들이 머리에 떠오른다.

바다 건너 멀리, 막말로 유명한 대통령, 트럼프와 두테르테. 그들도 거의 매주 주말마다 어디론가 훌쩍 떠난다. 트럼프는 개인별장 마러라고Mar-a-Lago, Fla로, 두테르테는 향촌鄕村 민다나오섬 '다바오'Davao로 미친 듯 찾아간다.

이처럼 내 고향 '동대구'는 나에게 삶의 활력소나 마찬가지다. 늘 그립다. '고향이 가까이에 있어도 그립다.' 그리움과 추억으로 먹고사는 우리들도 같은 마음이 아닐까? 노모가 돌아가신 후 뜸해졌던 고리故里길. 오늘따라 몹시 어머니가 그리워진다.

이제 방금 열차 안에서 '신경주역'이라고 재촉하며 알린다. 조금 있으면 울산역통도사역에 도달하니 내릴 준비하시라고 ……. 어서 빨리 강의실에 들어가 총기 있는 우리 학생들에게 대지大志를 심어주어야지.

O

'메모'란 정확성을 기하고 책임감을 가지며 계획성을 실천하는 것. 나아가 자기의 생활을 돌아볼 수 있고 인간의 한계를 보완해주기도 한다. 그것을 생활화하는 습관은, 매우 중요하며 개인의 삶을 바로 세우는 나침판이 된다.

4장

'자기계발'은
남 주지 않아요!

당신은 마음도 에스라인이야!
– 클레오파트라의 코가 조금만 더 낮았더라면! –

　　며칠 전 시내를 걸어가다 눈에 띄는 아름다운 광경을 보았다. 눈에 띄는 것이라기보다 두 눈이 번쩍 뜨이는 광경이다. 늘씬한 몸매를 가진 아름다운 여성이 보였기 때문이다. 나는 남성이지만 이성에 대하여는 좀 둔한 편에 속한다. 그러나 나의 눈동자에 마치 시네마관의 스크린 영상같이 비쳐진 사실에 대하여 자연스레 관심을 갖지 않을 수 없었다.

　　그 영상이란, 하이힐을 신은 젊은 여성이 바짝 엉덩이가 치켜 올라 에스라인이 한층 돋보이는 것이다. 길을 걷는 모든 행인들에게 온통 시선이 집중될 정도였으니 말이다. 그 여성은 자

못 비범한 사람으로 생각했지만, 부끄러운 듯이 행동하는 자태여서 평범한 여성으로 단정해도 될 듯했다. 무엇을 하는 사람인지 전혀 관심을 둘 필요는 없다.

시간이 점심때라 핸드백도 없이 간편히 외출한 것으로 보아 간단한 먹을거리를 사기 위해 빵집에 들린 것 같다. 뭇 인간들이 흔히 먹고 사는 밥류나 떡 같은 탄수화물 덩어리는 아예 먹지 않을 것 같다. 기껏 해봐야 젊은이들이 좋아하는 호두당근 케이크 한 조각과 카페라테 한 잔이라면 간단히 끝날 듯하다. 아름다운 에스라인 여성의 먹을거리인가 싶다.

'아름다움'은 한자로 '미'美로 쓰고, 양羊자와 대大자로 이루어진 재미나는 합성어다. '큰 양'으로 양이 크면 살찌고 맛이 좋다는 뜻이 함축되어 있다. 그래서 일본어에서는 '맛있다'를 '美味しい'Oishii로 쓰기도 한다. 크게 살쪘으니 통통하고 순박한 모습으로만 보인다. 그러니까 아름답지 않은가?

절세미인에 에스라인의 여성이라면 역사적으로 유명한 인물이 떠오른다. 18C 말 프랑스의 루이 16세 왕비 마리 앙투아네트M. Antoinette, 1755~1793다.

"우리에게 빵을 달라! 빵을 달라!"

고 절규하는 민중들에게 던진 가시 돋친 한마디의 말을 결코 잊어버릴 수 없다.

"빵이 없으면 과자나 먹을 것이지……!"

허리가 잘록한 삼각형 페티코트를 입은 그녀가 화려한 대리석 궁전의 창가에 우아하게 기대어선 채 민중들에게 내뱉은 말이다.

국부國富를 탕진할 정도로 사치스러웠던 그녀. 아름다운 외모로 작은 요정이라고까지 불렸지만 국고낭비와 반혁명의 죄로 단두대 이슬로 조용히 사라졌지 않나?

또한 낯익은 인물로 고대 이집트의 여왕 클레오파트라Cleopatra, B.C.69~B.C.30를 절대 빠트릴 수 없다. 중학시절 재미있게 배운 영문법의 가정법 과거완료 문장에서도 자주 인용될 정도로 유명한 말이 있지 않는가.

'그녀의 코가 조금만 더 낮았더라면 세계의 역사는 바뀌었을지도 모른다'는 문장. If Cleopatra's nose had been a little shorter, the history of the would might have been different.

미녀로뿐만 아니라 지성과 수완으로 이집트의 종교에 깊이 관심을 보여 마치 태양신 '라'Ra의 딸처럼 행세했으니 비범한 여성임에 틀림없다.

그녀의 외모는 매우 매혹적이다. 까무잡잡한 피부에 샤프한 이목구비는 2천 년이나 지난 지금도 회자되고 있으니 말이다. 짙은 눈화장에 길게 찢어진 눈, 윤기 흐르는 직모 흑발, 늘씬한 몸매에 온갖 보석으로 치장한 노출장면은 미래에도 영원히 입에 오르내릴 용모이다.

'이 세상에서 가장 아름다운 여성'이라면 우리의 '어머니'라는 사실은 논할 필요가 없다. 또한 스포츠센터에서 스쿼트나 런지 등으로 몸 관리를 열심히 하는 뭇 아름다운 여성들도 또한 무시할 수 없다.

그러나 그것도 중요하지만 여성의 '아름다움'은, 외양이 아닌 내면의 자신감, 평온함, 친절, 정직 그리고 삶을 현명히 살아가는 태도가 아닐까?

이같이 진정 눈에 보이지 않는 '내면의 아름다움'이야말로 가장 가치 있고 소중한 것이다.

작은 발견의 위대함

− 세상을 놀라게 하는 '작고 사소한 일' −

"선생님께서는 '인격과 윤리'에 대해서 어떻게 생
각하십니까?"

"예. 대답을 하지요! '인격과 윤리'란 비인격적이
고 비윤리적일 때 이야기하는 법입니다."

이 유명한 대화는, 당대 최고의 명성을 누린 '공자'의 질문
이요 당대 최고의 합리주의자 '노자'의 대답이다. 한마디로 공자
스스로가 인격적이지 않고 윤리적이지 않다는 뜻이다.

이것을 음미해보면, 노자의 사상은 공자를 뛰어넘는 엄청난 의미의 포용성을 지니고 있음을 말한다. 자고로 서양에 아리스토텔레스와 헤라클레이토스가 있다면, 동양에 공자와 노자가 있는 것과 비교된다.

춘추전국시대 윤희가 노자에게 "스승님, 도道란 무엇입니까?"라는 질문에 그 대답으로 적어준 5천 자의 내용이 바로 노자의 『도덕경道德經』이다.

그 60장 첫머리에 '치대국 약팽소선'治大國 若烹小鮮이라는 의미심장한 말이 있다. 큰 나라를 다스리는 것은 작은 물고기를 요리하듯 해야 한다는 뜻이다. '작고 사소한' 일의 중대함을 명쾌히 보여주고 있는 명언이다.

2002년 국제반도체회로 학술회의에서 S전자 반도체총괄 사업부의 황창규 사장이 '메모리 신성장론'을 발표한 적이 있다.

즉, 1999년에 256M 낸드플래시 메모리를 시작으로 2000년 512M, 2001년 1Gb, 2002년 2Gb, (중략) 2006년 32Gb, 2007년 64Gb 제품을 연이어 개발하여 그 이론을 증명해낸 내용이다. 40년 동안 깨지지 않고 유지되어온 소위 무어Moore의 법칙을 대체하는 반도체업계의 새 정설이자 한국의 자랑거리다.

이와 같이 메모리 용량을 매년 '두 배씩' 키워온 이 신성장론이야말로 타의 추종을 불허하는 기적에 가깝다. 품질과 가격에서 경쟁회사를 따돌린 이 업체도 생산 작업대에서 일어나는 에러는 물론 있을 것이다. 잘못된 부속 하나의 '작고 세밀한' 발견이 없었다면 생산의 효율성을 지켜낼 수 있었을까?

방글라데시 이야기다. 1970년대 미 국무장관 키신저H. Kissinger, 1923~가 국제적인 무능력자라고 손가락질했던 최빈국이다. 이것을 면전에서 직접 본 이 나라의 경제학교수 유누스M. Yunus, 1940~는 다음과 같이 탄식한다.

> "나는 강단에서 학생들에게 경제학이론을 가르쳐
> 왔다. 그 이론이 가진 아름다움이며 조화로움에
> 감탄하곤 했다. 그러나 이제는 이 모든 이론에 환
> 멸을 느끼지 않을 수 없다. 왜냐하면 길바닥에서
> 사람들이 굶어 죽어 가고 있는데 도대체 경제학이
> 론이 무슨 소용이 있단 말인가?"

전쟁과 대기근으로 극빈층은 매일 증가하고 있고 그야말로 재기할 수 없는 절망감을 몸소 체험한 것이다. 다시 말하면 빈자들이 돈을 벌고 싶어도 담보 없이는 조그마한 어떤 일도 할 수 없는 상태가 돼버린 것이다. 보다 못해 그는 가난한 사람들에게 자신의 한 달 월급 27불을 무이자로 대출해준다. 물론 상환에 부담을 갖지 말고 그저 생업에 전념하라는 뜻으로 대출해준 것이다.

그런데 이게 웬일인가? 이 가난한 사람들은 거의 대부분 정해진 날짜에 대출금을 갚았다는 놀라운 사실이다.

이러한 믿음을 바탕으로 1976년에 150불 미만의 무담보 소액대출Micro credit을 해주는 그라민은행Grameen Bank을 설립하여 성공했는데 이것이 온 세계로 퍼지게 되어 2006년 노벨평화상을 수상하게 된다.

'미미한' 일로 시작된 자신감이 세상을 놀라게 하는 기적을 이루어낸 것이다.

'작고 사소한 일'을 소중히 여길 때 때로는 큰일을 이룰 수 있다. 사소한 것의 성공은 바로 큰 성공과 같다. 모든 위대함이란 '작은 것들'에 대한 충실함에서 비롯된다.

너희들만 할 줄 아냐?

- 끊임없는 '반복'은 세상을 바꾼다 -

영어공부 잘하는 선생님이 있다. 학생이나 직장인들에게 철천지한이 되는 영어공부……. 우리가 사는 이 땅에 영어시험을 치지 않는 데가 어디 있는가. 영어를 잘하는 것이 바로 출세 길이라 할 정도로 비중이 크다. 그는 매달 토익시험을 즐겨 보는데 6년 동안 만점 신화를 46번이나 연속 깨고 있다.

세상에 있을 수 없는 이 희귀한 경력의 주인공은, 서울 어느 유명학원의 영어강사다. 의외로 어릴 때부터 꿈은 소박하게도 학원 선생님이라 한다. 왜냐하면 일의 성과만큼 얻을 수 있는 공정한 직업이라는 이유에서다. 영어공부 잘하는 비결을 그에게 물어보면 다름 아닌 '반복적' 연습이란다. 반복해서 외우고, 듣고, 말하는 것이 중요하다는 것이다. 해외 경험이라야 고작 2개월밖에 되지 않는 완전 토종이다.

호랑이 담배 피우던 시절로 올라가보자. 가난한 '한석봉'은, 글씨연습을 하는 붓과 종이가 없어 자기 집 마당에 있는 반들반들한 항아리에 물을 묻혀 쓰고 또 쓰고 연습했다 한다. 그것도 수없이 지우고 쓰고 반복하면서 말이다. 어머니의 지극한 관심으로 먼 곳에서 공부를 수련하건만, 어느 날 어머니의 얼굴이 너무나 보고 싶어 난데없이 집으로 찾아온다. 그날 밤 호롱불을 꺼놓고 어머니와 예능시합을 벌이는데 완패하자, 다시 기나긴 수련의 길로 쫓겨난다.

명나라 학자 '왕세정'王世貞. 1526~1590은 석봉의 글씨를 보고

"성난 사자가 바위를 갉아내고, 목마른 천리마가
물을 찾아 달리 듯 힘이 찬 글씨다"

라고 극찬한다. 추사 김정희와 쌍벽을 이룬 그는, 10년 동안 수련을 거듭 결국 조선의 신필新筆이 됐다. '반복'의 힘이 어떤 것인지 여실히 보여주고 있다.

서양에도 불굴의 위인이 있다. 눈과 귀가 멀고 말도 못하

지만 나폴레옹에 비유되는 거인 '헬렌 켈러'다. 그녀는 자기의 일기장에 다음과 같이 간절히 소원을 쓰고 있다.

"만약 내가 단 삼일만이라도 세상을 볼 수 있다면, 제일 먼저 '설리번' 선생님의 얼굴을 보고 싶다. 그다음에는 바람에 나풀거리는 나뭇잎과 들꽃을 보고 싶다. 그리고 아침에 출근하는 사람들의 표정도 보고 영화관이나 오페라 하우스의 멋진 공연도 보고 싶다."

그녀의 가정교사인 설리번은, 헬렌의 손에 차가운 물을 틀어주고 '물'water이라는 단어를 손바닥에 반복하여 써주면서 연상하게 한다. 그런 방법으로 세상의 많은 사물들을 익히는 데 오랜 시간을 쏟는다.

'물'이라는 단어 하나로 7년 동안 사투를 벌인 그녀는, 후일 하버드대를 우등으로 졸업하고 5개 국어까지 정복하게 된다.

정말 끊임없는 '반복' 수련으로 세상을 바꿔놓은 것이다.

프랑스의 셀레스코비치D. Seleskovic, 1921~2001라는 파리 제3대학 번역대학원ESIT 원장이 있다. 4개 국어를 그 자리에서 즉시 통역하는, 말 그대로 '걸어 다니는 사전'이다. 훗날 그의 명성을 영원히 기리기 위하여 '셀레스코비치 상'까지 제정할 정도로 유명한 베테랑 학자다. 그것은 통번역학 부문에서 탁월한 연구업적을 남긴 인물에게 주어지는 노벨상 같은 것이다.

그는 늘 강조한다. 모든 외국어 공부는, 먼저 사전 없이 '통으로' 읽어가며 전체적인 뜻을 파악하는 방법이 좋다고 한다. 양보다 '질'이 중요하다면서 열 줄 정도의 문장을 외우더라도 자기 것으로 완전히 소화하는 방식을 권유한다.

더욱이 외국인과 대화할 때는 부딪쳐서 깨지는 훈련을 '거듭' 하는 것도 중요하며, 이런 과정을 거쳐 한 단계씩 전진함으로써 어느 순간 '귀가 트이게' 된다는 이론이다. 단, 여기에는 모국어의 실력에 따라 외국어는 좌우된다고 덧붙인다.

매년 국가적으로 큰 행사인 수능시험를 비롯해 다양한 영어시험이 줄줄이 이루어진다. 외국어를 터득하는 방법에 특별한 왕도는 없는가? 답은 없다. '반복적'이고 꾸준한 학습이 진리이고 최고의 첩경이다.

태풍과 두 '거장'
– 역발상 아이디어를 창안하자! –

기상학자들은 매년 가을철 한반도에 평균 두세 개의 태풍이 발생한다고 한다. 어린 시절 대구 변두리 시골집에서 자랄 때의 이야기다.

나는 강한 힘의 소유자인 두 명의 형, 장난꾸러기 동생 둘, 5형제 중 중간에 끼여 집안일은 별로 하지 않고 편안하게 지냈던 것 같다. 그 말은 나의 위 아래로 형제들이 무척 성격이 강해 나는 그다지 눈에 띄지 않는 존재로 지냈다는 뜻이다.

그중 '작은형'에 대한 이야기다. 그는 중고교 시절 공부는 차선이고 오직 집안일만 책임지고 살아온 대단한 살림꾼이었다.

그 당시 시골 기와집의 바깥마당은 꽤나 넓었다. 흙마당이어서 비만 오면 질퍽질퍽하여 생활의 불편함은 이루 말할 수 없었다. 그것을 직감했는지 고등학생이던 작은형은 감히 마당에 돌깔판을 깔기로 마음먹었다.

필요한 도구란 리어카와 곡괭이 그리고 삽뿐. 시멘트는 귀한 시절이라 조달이 불가능함으로 그 대신 무수히 들판에 널려 있는 야생돌로 대체하는 수밖에 없었다.

그러나 제법 평평하고 튼튼한 돌을 찾아 모으는 일은 쉽지 않아 대충 한쪽 면만 평평한 것이라면 최상급으로 취급했다. 크든 작든 그런 돌이 발견되면 즉시 리어카에 실어 옮기는 몹시 고된 작업을 한 것이다.

두 달 동안 대작업으로 마당은 완성되어 그야말로 멋진 시골집 대마당으로 바뀌어 가족들은 칭찬이 대단했다.

그것뿐인가. 그 형은 동네 5일장에서 '돼지새끼' 암수 한 쌍을 사다 악착같이 키운 적도 있다. 돼지먹이 주는 일, 돼지우리 청소하기 등 머슴이 하는 일은 다하는 것이다.

어느 날 그 돼지가 무럭무럭 자라 새끼를 낳았다. 무려 열네 마리를 낳았으니 모두들 놀라지 않을 수 없었다. 그 형은 직접 출산장면을 지키면서 피투성이 새끼의 탯줄을 직접 끊으며 한 마리씩 손으로 닦아주는 것이 아닌가!

1959년 추석날, 때마침 영호남과 영동지방에 심한 풍수해를 일으킨 '사라'SARAH호 태풍. 사망자 750명과 가옥 피해 등 어마어마한 자연재해가 발생하여 온 나라는 그야말로 난리법석이었다.

그런 와중에도 수해로 떠내려갈 뻔한 통실통실한 새끼돼지 열네 마리는, 형의 수색작전으로 모두 구출되었으니 대단한 일이 아닌가!

비슷한 이야기다. 마산의 19세 '어느 청년' 이야기다. 2003년 경남 일원을 휩쓸고 간 태풍 '매미'가 그의 인생을 완전히 바꾸어놓았다. 그 태풍으로 고향 건물 지하에 갇혀 있던 초등학교 동창생 두 명이 그만 목숨을 잃어버렸다.

"물이 넘치지 않게 자기 집 문 앞에 '물막이' 하나
만 있었더라면 살 수 있었을 텐데…….."

이 안타까운 마음이 '차수막'遮水幕을 발명하게 된 큰 계기가 되었다.

현재 건물침수방지 전문업체를 운영하는 이제 막 서른 살의 그는, 시장상황 등을 고려해보면 3년 후에는 회사의 기업가치를 100억 원대 이상으로 키울 자신이 있다고 한다. 더욱이 그 시장규모는 300억 원 규모라 하니 놀라울 따름이다.

더군다나 장래 그의 목표는 대견하게도 '사회적 기업'을 만드는 것이 꿈이다. 그는 신발 1켤레 살 때 제3세계에 1켤레씩 기부하는, 일대일 기부방식의 성공신화를 이룬 '탐스 슈즈'TOMS shoes와 같은 미국 신발업체를 만들겠다는 큰 비전을 갖고 있다.

태풍은 정말 몹쓸 놈이다. 그러나 역발상으로 아이디어를 창안하면 무엇이던 큰 희망을 얻을 수 있다. 폭풍우 속 두 명의 '거장'은 우리를 가슴 뭉클하게 하고 삶을 더욱 빛나게 한다.

9회말 2아웃 인생

– 당신은 '재주 한 가지'라도 있는가? –

아무리 바쁜 일이 있더라도 TV 야구중계가 있으면 나도 모르게 삼매에 빠진다. 매년 찬바람이 불 때쯤이면 불꽃 튀기는 한국시리즈는 정말 흥미진진하다.

'야구는 9회말 2아웃부터'라는 말이 정말 맞는가 보다. 몇 년 전 한국시리즈 5차전에서 9회말 2아웃 2스트라이크 상황에서 1 대 0으로 삼성이 사선을 넘기고 있었다. 그 순간 삼성의 4번 타자 최형우가 2루타를 쳐 기적 같은 역전극을 벌였던 적이 있다.

옛날 프로경기가 없을 때 '고교야구'는 꽤나 많은 볼거리를 제공했다. k고의 스타투수였던 남우식, 1번 타자로 번트왕이었던 류중일, 각종 야구대회에서 MVP를 휩쓸었던 박노준, 그리고 J고의 임경엽 등이 시합을 흥미진진하게 펼친 적이 있었다.

그중 k고의 류중일은 잠실야구장 개장기념으로 열렸던 B고와의 우수고교 초청대회 결승전에서 개장 1호 홈런을 기록했던 선수다. 그 야구선수가 지금 한국시리즈에 다시 출현해 LG투윈스의 명장으로 활약하고 있다. 언젠가 '야구 대통령'을 줄여서 말하는 '야통' 별명까지 얻을 정도로 인기가 높았다.

야구를 비롯해 축구, 피겨 스케이트 등 스포츠 하나로 수십 억 내지 수백 억을 거머쥐는 스타들도 있다. 이러한 재능스타들은 집안에 돈이 많아 유명한 인물이 된 것이 아니다. 오직 운동재주 하나로 성공했다.

일본의 장인 이야기다. 일본과 프랑스 두 나라를 잇는 '데커레이션의 친선대사'로 불리는 세계제일의 양과자 장인 다테마츠 히로오미立松弘臣가 있다.

> "파라핀 종이 끝에서 짜 나오는 0.5㎜ 정도의 순백선. 설탕과 달걀 흰자위로 반죽된 글라스 로얄의 몇 백 개의 선이, 거대한 데커레이션케이크를 섬세하게 장식해간다. 조금이라도 호흡이 잘못되면 그 아름다운 곡선은 보기 흉하게 비뚤어지고 실처

럼 선은 흐트러진다."

이 모습은 양과자의 장인 다테마츠의 설탕, 버터, 달걀이 그려낸 공간예술의 광경이다. 일본어에 우데잇뿡腕—本이라는 말이 있다. 어떤 지위나 경력이라곤 하나 없이 자기 몸뚱이 하나에만 의지하면서 밥벌이 하는 것을 말한다.

그는 어릴 때부터 싸움하기와 역사공부 그리고 달콤한 것을 무척이나 좋아했다. 초등학교 4학년 때 아버지를 따라 〈잔 다르크〉라는 영화를 봤다. 오를레앙 소녀의 용기와 헌신에 강렬한 인상을 받아, 17살에 학업을 그만두고 과자장인이 되기를 결심한다. 과자를 굽는 철판닦이부터 배달, 설거지, 다도부의 심부름 등 견습소년의 생활을 3년 반이나 했다. 27살이 되던 해 일본인 처음으로 양과자 유학생으로 프랑스 땅을 밟은 청년이다.

각고의 노력 끝에 프랑스는 물론 유럽 전체에서 60개나 되는 메달을 손에 넣었던 적이 있다. 특히 프랑스에서 가장 오래되고 전통 있는 생미쉘Saint Michel 과자협회가 주최한 대회에서 응시자 작품 600점 가운데 그의 작품 '오층탑'이 우승, 드골 대통령배를 획득한 유명한 양과자 장인이다.

취업을 고민하는 젊은이, 창업을 꿈꾸는 사람들, 무엇을 하든 '재능 하나로' 살겠다는 정신자세라면 명예와 부는 얼마든지 거머쥘 수 있다.

　　뭇 인간들이여! 재주 한 가지로 성공하라! 이러한 꿈을 성취해보는 것도 큰 행복이다.

재봉틀 할아버지

– 남만큼 노력해서는 남 이상이 될 수 없지요 –

나의 다용도 가방에 붙어 있는 '멜빵'은 꽤 중요한 역할을 한다. 가슴에 걸쳐 있는 이 조그만 멜빵이 없으면 걷기운동에 매우 불편하다.

어느 날 멜빵 길이가 짧아 동네 할아버지가 하는 옷수선 가게에 들렀다. 70 중반의 할아버지는 비록 돋보기 안경을 꼈지만 아직 바느질하는 데 큰 문제가 없을 정도로 꽤 건강하다. 게다가 덜덜덜 발로 밟는 구형 재봉틀 다루는 솜씨가 매우 능숙하다. 이 할아버지는 평생 재봉틀 하나로 수선하는 일에 전념했기 때문에 거의 달인 수준이다.

재봉틀로 만물을 수선하는 '재능하나'로 일생을 할머니와 같이 소일하면서 행복하게 살고 있다. 가끔 오가는 사람을 바라 보면서 여유롭게 일하는 모습을 보면 지나가는 많은 사람들에게 편안함과 행복감을 주는 것 같다.

경기도 시흥시 어느 전통시장에서 10년 동안 '과일가게'를 하고 있는 27살 젊은이가 있다. 과일장사 하나로 놀랍게도 연매 출 50억 신화를 일군 장본인이니 정말 예사로운 일이 아니다.

그는 어린 시절 여러 가지 운동에 뛰어난 재능을 가진 소 년이었다. '남만큼 노력해서는 남 이상이 될 수 없다'는 운동선수 특유의 승부사 기질이 사업을 할 때도 많이 나타난다. 운동선수 를 그만두고 장사에 뛰어든 것은 20살 무렵. 아버지 회사가 부도 나고 여자친구의 어쩔 수 없는 사정 때문이었다.

장사라면 살 사람, 팔 사람, 물건, 세 가지만 있으면 된다고 한다. 한번 마음먹으면 미쳤다는 소리를 들을 정도로 강직한 청 년이다. 또한 그의 장사비결은 남달리 '박리다매와 발품 영업'이 다. 즉, 다른 곳에서 물건을 구매하고 제일 마지막으로 자기 매장 에 들리면, 다른 곳에서 구입한 과일까지 모두 배달해주는 소위 마트의 판매방식을 과감히 전통시장에 도입한 것이다.

더욱이 그는 '수첩'을 매우 소중하게 생각한다. 고객들의 이름, 선호하는 과일, 취향, 구매패턴 등을 꼼꼼히 기록해둔 후, 나중에 기억하여 고객을 대한다는 방식이다. 그러면 그들은 반드시 감동하여 다시 찾아준다는 고객관리다.

비슷한 일본 젊은이 한 사람을 소개하자. '기술자는 실력 하나만 있으면 어디서나 밥 먹을 수 있다'는 코미야 마사토小宮賢人라는 청년이다.

17세에 철공소에 입소하여 자기 인생의 모든 것을 '철'에 바친 장인이자 아티스트로서 자신의 기술만을 무기로 수완과 능력을 발휘했다.

철제 맞춤형 가정용품에서부터 아트까지, 철을 다루는 분야에서 그를 능가할 사람이 없을 정도다. 개인전, 미술전에 출품, 독자적 예술을 전개하여 오사카 공예협회 히라마츠상, 이바라키시 미술전 시장상 등을 연달아 획득했다.

그는 학교에서 공부하는 것 자체가 성에 맞지 않았다. 왜나하면 의무적이고 강제적인 것을 매우 싫어했기 때문이다.

어느 날 아버지가 "너는 무엇을 하고 싶으냐?"라고 묻자 뜬금없이 "철공소를 하고 싶어요!"라고 한다. 그것이 계기가 되어 다음날 아버지 친구의 철공소에 따라가 처음으로 '용접'을 경험해본다.

다른 존재였던 2개의 철이 용접에 의해 1개로 녹아드는 데 그것은 결코 분리되지 않는다는 사실. 더욱이 그 용접의 강력함은 논리를 넘어 큰 감동을 느끼게 한다는 것이다. 철공소에 입소한 10년 후 그는 27세 때 비로소 독립하여 행복하게 자기 일을 하고 있다.

누구든 직업에 귀천 없이 '남만큼 노력해서는 남 이상이 될 수 없다'는 자세, '재주 하나로' 살아가는 강인한 정신 자세를 갖는다면, 세상에 무엇이 부럽겠는가?

깨알 같은 '수첩'

– 기억력 좋은 머리보다, 무딘 연필이 더 낫다 –

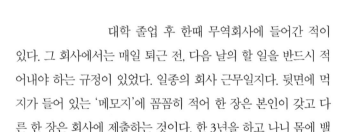

대학 졸업 후 한때 무역회사에 들어간 적이
있다. 그 회사에서는 매일 퇴근 전, 다음 날의 할 일을 반드시 적
어내야 하는 규정이 있었다. 일종의 회사 근무일지다. 뒷면에 먹
지가 들어 있는 '메모지'에 꼼꼼히 적어 한 장은 본인이 갖고 다
른 한 장은 회사에 제출하는 것이다. 한 3년을 하고 나니 몸에 밸
정도로 습관화되었다.

그 덕에 개인적으로 자기계발에 많은 도움이 된 것 같다.
그 후 와이셔츠 윗주머니에 들어갈 정도의 '작은 수첩'을 구입하
여 지금까지 애용하고 있다. 나의 수첩 사초(7)를 30여 년 동안 쓰고

있는 셈인데 서가 한구석에 가지런히 진열되어 있어 자랑스럽다.

수첩 또는 다이어리는 말 그대로 한 장 한 장 넘기면서 날짜별로 간단한 메모를 하지만 후일 거창하게는 비망록이 되기도 한다. 또한 중요한 직책을 수행한 사람이 공직에서 물러난 후 스토리식으로 집필하게 되면 회고록이다.

고사성어에 '총명불여둔필'聰明不如鈍筆이라는 말이 생각난다. 아무리 희미한 기록이라도 최선의 기억보다 낫다는 뜻이다. '언지무문행지불원'言之無文行之不遠도 그렇다. 아무리 똑똑하고 기억력이 좋다 하더라도 기록하는 사람에게는 당할 수 없다는 말이다. 독일 격언에 '기억력이 좋은 머리보다, 무딘 연필이 더 낫다'는 말과 너무나 일맥상통한다.

이왕 말이 나온 김에 메모 예찬론자를 보자.
억만장자 '워런 버핏'W. Buffet, 1930~은 머릿속 생각을 정리하고 싶을 때 글로 써보는 것만큼 효과적인 방법은 없다고 한다.
현대문명 개혁의 심볼 '스티브 잡스'뿐만 아니라 학교 문턱에도 밟아보지 않은 '에이브러햄 링컨'도 모자 속에 종이와 연필을 넣어 다니면서 늘 메모를 했다. 하물며 '슈베르트'는 악상이 떠오르면 즉시 입고 다녔던 자기 옷자락에 악보를 그려 메모하지 않았는가! '이병철' 회장이야말로 역시 메모마니아이다.
동서고금을 막론하고 어느 분야든 유명인의 메모습관은

모두 다를 바 없다.

'메모'란 자기 자신을 회고하고 일상의 정확성을 위하여 적요하는 것이다. 인간의 기억에는 한계가 있다. 어떤 학습을 한 후 20분이 지나면 40%를 잊고 이틀 후에는 약 70%를 잊는다고 한다.

특히 일상적인 어휘와 형이상학적인 어휘를 외우게 하고 몇 시간 후 실험해보면 전자는 7, 8개, 후자는 3, 4개만 기억해낼 수밖에 없다고 한다.

그것은 경우에 따라 인간의 단점인지 장점인지 헷갈릴 때가 가끔 있다. 19C 이태리의 시인이자 저명한 탈무드학자 루자토S. Ruzzatto, 1583~1663는 '많이 기억하고 있는 것, 그것이 꼭 현명한 것이 아니다'라고 한다.

한때 검찰에 구속된 전직 청와대 수석비서관의 상세한 '수첩'이 화제가 됐다.

미국대학에서 학위를 딴 엘리트 교수출신으로 어느 날 갑자기 정치를 시작하여 청와대까지 입성한 입지전적인 인물이다. 아이러니하게도 최순실 게이트의 공소건에 그의 수첩내용이 잘 정리되어 큰 증거물이 된 것이다. 미르 · K스포츠재단 설립의 전 과정이 상세하고 일목요연하게 기록되어 있어 거짓 변명의 여지가 없게 되었다.

박대통령에게 붙여진 '수첩공주'라는 별명은 말 그대로 원칙, 신뢰, 약속의 상징이지만, 통치자의 지시를 충실히 이행하고자 깨알같이 받아쓰셨던 '충신'의 수첩이 이제 본인은 물론 대통령의 범죄행위의 증거가 되는 아이러니를 빚게 됐다.

'메모'란 정확성을 기하고 책임감을 가지며 계획성을 실천하는 것이다. 나아가 자기의 생활을 돌아볼 수 있게 하고 인간의 한계를 보완해주기도 한다. 그것을 생활화하는 습관은 매우 중요하며 개인의 삶을 바로 세우는 나침판이 될 것이다.

나이를 잊고 사는 그대여!

- 새해에는 한번 '미쳐보라!' -

나이를 잊고 싶은 사람이라면, 누구든 나이를 잊고 살 수 있다. 한 해가 밝으면 모두들 한 살을 보태면서 "아이고 이제 00살이네!"라고 장타령한다.

쓸데없는 짓들이다! 뭐가 어때서 뭐가 그렇게 한탄스러워 회한의 말을 내뱉는가? 자기가 좋아하는 것을 하면 되지! 40이면 어떻고 60이면 어떻고 80이면 어떤가?

세계 역사상 불후의 업적을 이룩한 위인들이 많다. 미월간지 '선샤인'의 통계에 의하면 업적의 35%는 60~70세들에 의하여 달성되었다고 한다. 23%는 70~80세에, 그리고 6%는 80세

이상 인물도 한몫했다. 그러니까 위대한 업적의 6할 이상이 60세 이상의 젊은 노인들에 의하여 달성되었다.

20대부터 뛰어난 의술로 유명한 조선의 어의御醫 허준은, 25권 25책의 불후의『동의보감』을 57세에 시작하여 70을 넘겨 완성했다. 관념철학자 칸트는 57세에 그의 탁월한 저서『순수이 성비판』을 발표했고, 미켈란젤로는 70에 '성 베드로 대성전'의 돔 Dome을 완성하지 않았나!

작곡가 베르디, 하이든도 고희의 나이 70을 넘어서 불후의 명곡을 창작했다. 독일의 대문호 괴테는 80이 넘어『파우스트』2 부를 최종 완결했다.

영어를 꽤나 잘 쓰는 어느 심리학교수가 언젠가 열변한 적 이 있다. 자기가 하는 일에 얼마만큼 '드리븐'Driven 되어 있느냐 가 삶의 관건이라고…….

중학 1학년 기초영어 단어에 동사 'Drive'가 자주 나온다. 그 과거, 과거분사인 'Drove, Driven'이 있다. 현재형의 뜻은 '운전 하다'이지만 과거분사에는 아주 특이한 의미가 담겨 있음을 최근 에 알았다. '미쳐 있다'라는 뜻으로 말이다.

민족의 영산 백두산 자락을 20여 년이나 오르락내리락하 면서 인화지에 담고 있는 노老 사진작가가 있다. 결정적 순간포착을 위하여 영하 30도의 백두산 꼭대기에서 밤낮을 새는 그는 무엇 때문에 그렇게 살고 있는가?

올해 나이 칠순에 머리카락은 백발이다. 게다가 볼과 턱에 송송 난 수염은 하얗기도 하지만 얼음으로 주렁주렁 달려 있는 모습이 참 가관이다. 마치 '노인과 바다'의 열정적인 헤밍웨이 할아버지를 보는 듯하다. 백두산 천지天池의 변화무쌍한 겨울모습을 순간순간 포착하는데 정말 드리븐 되어 있는 모습이 우리의 마음을 뻥 뚫어준다.

나이를 먹는다고 탄식하는 졸보들이여! 하는 일이 없으면 하고 싶은 일을 만들라! 욕망이 조금이라도 생기면 그 일에 한번 드리븐 되어 보라! 아무런 조건을 달지 말고 말이다. 그것은 나이와 아무런 종속관계에 있지 않다.

한때 달나라에 도착한 우주인 '닐 암스트롱'을 우리 모두 기억하고 있다. 그가 달에서 본 우리의 지구모습을 그저 아름답기만 했다고 하지 않았는가!

그는 지구에 살고 있는 먼지 털만한 자기 집의 아름다운 정원을 봤을까. 콜로라도 그랜드캐니언의 광활한 협곡을 봤을까. 그저 녹색의 아름다운 지구행성만 봤을 것이다.

그는 지구의 오색찬란히 반짝이는 크리스마스트리를 감상

하지 못했을 것이다. 이른 겨울아침 찔레넝쿨에 앉아 쨋쨋거리는 귀여운 참새의 하모니를 들을 수 있었을까.

우리는 이런 가까이에서 접하는 일상의 아름다움에 너무 무덤덤하지 않는가?

이제 우리는 감사의 눈으로 세상을 바라봐야 할 것이다. 새해에는 두려움 없이 달리는 쾌속기차에 올라 아름다운 삶의 여행을 떠나보면 어떨까? 좋아하는 일에 미쳐보면서 말이다. 나이를 고이 잊고 사는 좋은 방법이니까.

커피 한잔에 단팥빵

– 커피는 창작이다 –

자주 다니는 대형서점 초입에 조그마한 빵집이 하나 있다. 상쾌한 어느 날 모닝커피 한잔을 사러 가는 길에 우연히 발견한 나만의 퀘렌시아다. 큰 빵집도 아닌 그냥 가두에 있는 간이점에 불과하다. 흔히 말하는 장인이 하는 빵집도 아니고 그냥 20대 초반의 젊은이 몇 명이 하는 가게다.

빵이라 해봤자 케이크 같은 고급진 것은 있지 않고 그저 몇 가지의 식빵과 단팥빵, 소보르빵밖에 없다. 어느 빵집도 다 그렇겠지만 금방 나온 단팥빵은 맛깔스러운 빛에 정말 침이 돈다.

어린 시절 할머니가 사주었던 단팥빵 맛, 그때나 지금이나 전혀 변함없는 맛이어서 마치 옛날로 되돌아간 듯하다. 그들의 빵 만드는 모습은 늘 즐겁지만 커피 한잔에 갓 나온 단팥빵 하나 먹는 보통의 일은 나의 하루를 늘 행복하게 해준다.

나는 아침밥은 꼭 먹지만 한두 시간 일을 하다보면 좀 헛헛하여 단팥빵 하나를 먹는 습벽이 생겼다. 점심은 제대로 챙겨 먹는 편이나 저녁은 그냥 대충이다. '점심은 황제같이 저녁은 거지같이'라는 말도 있듯 그렇게 먹는 것이 건강에 최고란다.

모닝커피는 몇 걸음 걸어 간이 커피점에서 산다. 명품 커피점의 가격에 비하면 반값도 채 되지 않는 싼 커피지만 향기와 맛은 못하지 않다.

그곳에서 일하는 스텝들의 매너 또한 주인정신으로 가득하다. 바지 뒷주머니의 휴대폰이 아슬아슬하게 걸려 있기는 하지만 젊은이답고 민첩해서 좋다. 상냥하게 응대하는 모습도 커피애호가들을 유쾌하게 해준다. 이 또한 '도시 속의 아름다운 정경'이 아닐까.

'커피'는 자고로 향기와 맛을 동시에 느끼며 마셔야 제대로 음미하는 것이다. 코와 혀와 목젖으로 마신 후, 입과 목에 남은 여운의 맛까지 느낄 줄 알아야 한다. 커피는 갈증이 나서 마시는 음료가 아닐진대 커피 한잔에는 사랑의 맛, 위로, 행복의 맛 등 '삶의 철학'이 듬뿍 담겨 있다.

커피의 맛은 천 번의 키스보다 달콤하다고 '바흐'가 말하지 않았나! 작곡의 원동력이라며 아침마다 60알의 원두를 갈아 마신 '베토벤'이 있는가 하면, 과하긴 하지만 하루 50잔의 커피를 즐겨 마신 극작가 '발자크'도 있으니 그것은 분명 신들린 기호물임에 틀림없다.

작가 '이효석'은 커피 한잔을 탐미하기 위하여 십리나 떨어진 나남함북 청진시 남부지역까지 다녀올 정도였다고 한다. 가을향기 듬뿍 나는 그의 걸작 에세이 『낙엽을 태우면서』(1938)에서 '낙엽 타는 냄새같이 좋은 냄새가 있을까? 갓 볶아낸 커피냄새가 난다'고 커피를 강렬히 음미하고 싶은 마음을 잘 표현하고 있다. 시인 '신달자'는 이럴 때에 커피를 마시고 싶다고 한다. '견디고 싶을 때'라고. 인고忍苦의 감각을 은근슬쩍 표현하고 있다.

혼자만의 공간도 좋지만 일상인이 공동으로 삶을 영위하는 공간도 좋다. 그곳에서 여유로운 생각을 하며 한잔의 커피를 마시는 일은 더욱 행복한 일이 아닌가? 그럴수록 자아의 주관적 방향이 분명해지니까 말이다.

이렇게 아무런 신경 쓸 필요 없고 누구로부터 스트레스 받을 일도 없는 편한 날, 도시 속 현대인들이 모여드는 공간에서 한 잔의 커피를 음미해보라! 일상을 사는 도시인들의 상像은 마치 빌딩 숲속 틈 사이로 보이는 파란 하늘의 형상과 유사하다.

야릇한 커피의 향과 맛에서 소소한 행복감에 젖을 때, 시 들어가는 사람이나 위로받고 싶은 사람에게 다시 한 번 연소시켜 줄 힘을 준다. 그래서 많은 문학 예술가들은 커피야말로 '창작'의 힘을 불태워주는 놀라운 연료로 생각하는 것이다.

핸드백 속의 '작은 사전'
− 언어는 곧 나라의 힘이다 −

20여 개 노선이 얽혀 있는 동경의 어느 지하철 안이다. 출근 러시아워를 피한 조금 한가한 11시경의 모습이다. 대부분 승객들은 제법 여유로워 보이는 한편 서두르는 사람이라곤 별로 찾아보기 힘들다.

눈에 띄는 것은 지하철 안에서 많은 사람들이 열심히 책을 보고 있는 장면. 그중 옆자리에 앉아 있는 중년의 아주머니도 핸드백에서 책을 끄집어내어 진지하게 보고 있다.

다름 아닌 조그마한 문고판 책이다. 한국에서 온 이방인은 본의 아니게 무심코 그 일본 아주머니의 책표지를 보게 됐다. '유의어사전'이어서 깜짝 놀랐다. 아니 이런 것을 핸드백에 소지하면서 다니다니!

그들은 100여 년 전, 1909년에 벌써 『日本類語大辭典일본유어대사전』을 발간했다. 수십만 어휘가 수록되어 있는 대사전이다. 독자들의 호응이 좋아 1980년 어느 한 출판사가 국민들에게 알기 쉽고 널리 익히기 위하여, 축쇄판문고 『類語の辭典유어사전』으로 개명해 두 권으로 복각 발행한 것이다. 일반적인 국어사전이 아니어서 더욱 유니크했다.

이것 이외에도 같은 종류의 유의어사전을 1951년 이후 수십 권을 발행하여 자국 언어의 위상을 높이고 있다. 그것은 무엇을 의미하는가? 언어는 곧 나라의 힘이다. 우리의 것은 어떤지 반성해야 할 것이다.

조금 전, 지하철에서 어여쁜 모자를 쓰고 '작은 사전'에 열중하고 있던 그 일본 아주머니는, 아마도 고향에 있는 어머니에게 또는 지인에게 안부 편지를 쓰고 있는 듯하다. 문고판 사전을 조용조용 넘겨보면서 어떤 말을 선별해 사용했는지도 궁금하다. 뭔가를 찾았는지 미소 짓고 있는 모습이 사뭇 만족해보였다. 이 한 사람 일본인의 국어사랑이 한국에서 온 나에게는 매우 충격적으로 받아들여졌다.

잠깐 여기서 '유의어'類義語에 대해 알아보자. 이것은, 크게 나누면 의미가 완전히 같은 동의어同義語와 그 이외의 유의어로 나눌 수 있다. 동의어를 보면 '책방', '서점'과 같은 많은 유의어가 있다. 그러나 유의어 전체에서 보면 꽤 적은 편이다. 일반적으로 한일韓日 양 언어 모두, 유의어 사이의 의미적인 관계를 몇 가지로 나눌 수 있다.

먼저 한쪽이 다른 쪽에 포함하는 것. 예를 들면 자주 사용하는 어휘인 '적중'은 의미의 범위가 꽤 넓다. 그렇지만 '명중'은 너무나 의미가 한정돼 있어 '적중'의 범위 안에 포함될 것이다.

둘째, 부분적으로 겹치는 것, 즉 '시험', '테스트'와 같이 두 어휘는 같은 뜻일 경우도 있지만, 학습을 측정하는 '시험'과 실험을 뜻하는 '테스트'에서 보듯 꽤 다르다.

셋째, 겹치지 않는 경우도 있다. 주로 학술용어에 많은데 '음운', '음성' 등 전문적인 어휘들이다.

마지막으로 문체文體와 어종語種에 의하여 분류할 수도 있다.

이러한 내용을 바탕으로 한 '문헌' 한 권을 소개하면 도움이 될 것 같다. 일본어 경우에도 우리말과 같이 '조사'나 '조동사'라는 품사가 있다.

일찍이 이것에 대하여 의미 분류한 연구가 있어 감히 놀랍다. 그들은 그것을 연구하기 위하여 대표적으로 4만 8천 개의 예문을 심사숙고해 카드에 하나하나 채록했다. 그것도 1949년 1년의 기간 동안 발행된 아사이신문, 문예춘추 등 당시의 '신문 잡지 34종'을 대상으로 그 용례문을 정밀하게 선정하여 분석해놓은 것이다.

게다가 조사, 조동사 하나하나의 의미를 체계적으로 분류해 정리하였으니 대단한 연구였다. 최종 이것을 종합 정리해 1951년 그들의 국립국어연구소에서 『現代語助詞助動詞-用法と實例현대어조사조동사-용법과 실례』라고 제호해 세상에 내놓았다.

이후에도 여러 권의 이와 유사한 사전을 발행했는데, 이전과 달리 단어의 '구분사용'使い分け을 하나하나 알기 쉽게 설명한 것들이 발행되고 있다.

이렇게 그들은 그들 스스로 국어에 긍지를 가지면서 그들의 국어사랑을 다시 한 번 각인시켜주는 것이다.

한일관계가 냉랭한 지금, 우리는 일본인들의 국어사랑을 어떻게 바라봐야 할 것인가? 한국어를 사랑하는 우리 모두에게 타산지석으로 삼았으면 한다.

○

동서양의 사상이 혼재되어 있는 비틀즈의 '렛잇비'Let it be는, 우리들에게 감동을 주는 말이다. 우리의 삶이란 억지로 되지 않는다. 세상의 이치대로 세상의 '순리'에 따라 맡겨두는 것이야말로 중요하다.

5장

지금의 '나'는
어제의 '나'가 아니다

거위의 꿈과 웅변가

- 정치가는 섬기는 리더십으로 -

내가 중고등학교 다닐 때는 유독 웅변대회가
많았다. 주로 반공에 대한 웅변대회. 그때의 한 장면을 돌이켜
보자.

"(전략) 여러분! 우리 대한민국을 위하여! 이 연사!
마지막으로 여러분에게 강력하게 외칩니다!"

이 연사는 단계적으로 처음엔 왼손을 들고 다음에 오른손
을 올리고 마지막에는 양손을 하늘을 향해 찌르듯이 우렁차게 외
친다. 중간 중간에 호흡을 적절히 주입하여 리듬을 잘 타면 멋진

웅변이 된다.

'웅변'이란 조리가 있고 막힘이 없이 당당하게 말하는 것 또는 그런 말이나 연설이다. 고대 로마의 최고 웅변가였던 키케로M. Cicero는 '웅변술의 세 가지 요건은 교훈을 주고 기쁨을 주어 행동하게 하는 것'이라 했다.

몇 년 전 새누리당 당대표후보 충청권연설회가 열리는 날이다.

"저는 오늘 여기에 오기 전에 아산 현충사에 참배하고 왔습니다. 이순신장군께서 저에게 이렇게 말씀하시는 것 같았습니다. 신에게는 아직 12척의 배가 있다! 돌아가거든 새누리당에는 아직 희망이 있다고 전해라!"

라고 열변을 토했다.

그리고 최종 투표당일 전당대회 합동연설회에서는

"당원 여러분! 만약에 제가 보수정당 새누리당에서 호남출신 당대표가 된다고 가정해봅시다. 내일 아침신문에 대문짝만하게 날 것입니다. 우리나라

헌정사상 처음 있는 일이며 처음 있는 대변혁이라
는 것을……."

그의 스피치를 들어보면 매회 감동의 연속이었고 코끝이
찡한 연설이었다. 그것은 지나간 국회의원 선거유세에서 얼마나
많은 서러움과 수모를 겪었으면 이런 한 맺힌 목소리가 나왔을까
한다. 또한 '점퍼리'라는 별명을 얻을 정도로 연설 도중 점퍼를
내팽개치는 모습은 너무나 격정적이고 호소력 있는 연설방법이
었다. 여태 한국 정치가 중 이렇게 설득력 있고 호소력 있는 연설
을 한 사람이 있었던가.

그는 10살 때부터 정치인의 꿈을 키워온 천부적으로 큰 목
청과 굵은 액션을 가진 웅변가다. 관중을 사로잡는 파워풀한 그
의 연설모습은 여타 후보와 비교할 수 없다.

눈, 코, 입, 얼굴이 모두 둥근 그는 회색잠바에 밀짚모자를
쓰고 자전거를 타고 다니면서 유세했다. 어느 때는 배낭 하나 달랑
메고 주민 한 사람 한 사람 찾아가면서 그들의 애로사항을 들었다.
이장집을 찾아가 밥을 얻어먹고 마을회관에서 잠을 잤다. 너무나
서민적이었다. 자고로 이런 진정한 정치가를 본 적이 없다.

잘 부탁한다고 지역주민과 악수를 한 후 뒤돌아섰을 때 그
의 귀에 들리는 험한 말이 있다.

"새누리당 후보가 어디! 여기에서 감히 되려 한
디? 눈깔을 파버릴랑께!"

그뿐인가 선거주민에게 명함을 건네주자 그 자리에서 찢
어서 얼굴에 확 뿌렸을 정도였으니 정말 서러움과 수모 그 자체
였다.

그는 인순이가 부른 '거위의 꿈'을 너무 좋아하여 휴대폰
컬러링으로도 사용했을 정도다. 아마 그러한 감정 때문일 것이다.

"누군가가 뜻 모를 비웃음
내 등 뒤에 흘릴 때도 난 참아야 했죠.
참을 수 있었죠. '그날'을 위해. (중략)
그래요 난 난 꿈이 있어요. 그 꿈을 믿어요. 나를
지켜봐요."

마치 그의 라이프스토리를 읽는 것 같았다. 진짜 '그날'이
온 것이다. 어쩌면 그에게 더 큰 날도 올 수 있을지도 모른다. 당
사무처 말단부터 시작 당 대표까지 밟아온 그의 인생역정만 보아
도 많은 서민들은 반가워할 것이다. 흙수저조차도 아닌 무無수저
가 신화를 이루었으니 말이다.

후보가 당대표로 선출된 직후 한 수락연설에서는

"지역적으로 비주류 · 비엘리트 출신인 자신이 당
대표가 됐기에 앞으로 사회적 약자를 대변할 수
있는 정당으로 새누리당을 바꾸겠다"

고 약속했다.

국민을 위한 좋은 혁신정치를 우리는 기대한다. 정치가라
면 '섬기는 리더십'으로 정의롭고 행복한 나라를 만들어주어야
할 것이다.

처세술이 다른 세 장수

- 세상에서 가장 짧은 시, 하이쿠俳句 -

오래전 일본 와세다대학 객원교수로 몇 년간 체재할 때 겪었던 모습이다. 동경의 한가운데 시가지 신쥬쿠新宿는 그야말로 교통도 복잡하고 남녀노소 많은 사람들이 왕래하는 번화가다. 그 중심지에는 생각보다 꽤 넓고 조용한 신쥬쿠 교엔御苑이라는 옛 황실정원이던 공원이 있다.

도시인들이 산책 겸 자주 들리곤 하는데 잠시 안으로 걸어 들어가면, 양쪽으로 정통 일본식 정원과 구미풍의 서양식 정원이 고즈넉이 자리 잡고 있어 사람들을 상쾌하고 차분하게 해준다.

공원 안에는 관람객도 그렇게 많지 않은데 한쪽 잔디 언덕에 일군의 50, 60대 단체 관람객이 군데군데 흩어져 왼손에 메모지, 오른손에는 연필을 들고 있다. 모두들 골똘히 사색에 잠겨 있는가 하면 뭔가 생각이 떠오르면 금세 메모지에 한 자 한 자 적는다.

일본의 전통시 하이쿠俳句 동호인들의 모임이다. 일본에서는 직업에 관계없이 누구든지 가입할 수 있는 하이쿠 동호회나 하이쿠 교실이 전국에 헤아릴 수 없을 정도로 많이 있다. 그만큼 일본인들은 시를 좋아하는 민족인 것 같다.

일본의 하이쿠라는 전통적인 시는 초등학생도 지을 수 있을 정도로 '세상에서 가장 짧은 시'다. 17C 말 한국의 김삿갓과 같은 방랑 시인이며 하이쿠 시인으로 이름을 떨친 마츠오 바쇼松尾芭蕉라는 시인이 있다. 봄날이 깊은 어느 날,

> 오래된 연못
> 개구리 뛰어드는
> 물소리 퐁당! 古池や蛙飛び込む水の音 [松尾芭蕉]

와 같이 읊조렸다. 인기척 없는 조용하고 오래된 연못가에 개구리 한 마리가 연못에 퐁당 뛰어들었다. 주위가 너무나도 조용하고 평온했던 만큼 일순간에 정적이 깨졌지만 곧 정적의 상태로 되돌아가는 심미안을 엿볼 수 있는 시다.

하이쿠 시는 5 · 7 · 5 운율을 지닌 한 줄짜리 시로 모두 합해봐야 기껏 17자에 지나지 않는 짧은 정형시이다. 이렇게 짧고 간략하게 표현함으로써 '압축과 절제의 미'를 보여줄 뿐 아니라 '찰나와 우주'를 담아보는 시로 예부터 전해내려 오고 있다.

어차피 시 이야기가 나왔으니 동양의 시에 대하여 좀 더 보자.

먼저 한국에는 우리들이 잘 알고 있는 시조時調가 있다. 물론 현대풍의 시조도 있지만 일본의 하이쿠만큼 그렇게 많이 구가하지 않는 것 같다. 시조는 원래 고려 중엽에 발생한 한국 전통시 양식의 하나로 초, 중, 종장 3장으로 구성되어 있다. 특히 종장 첫 구 3음절의 규칙은 절대적으로 지켜야 하는 독특한 점이 있는 데 다 6구 45자의 형식을 취하여 아름다운 문학성을 보여주고 있다.

산은 옛 산이로되 물은 옛 물이 아니로다
주야晝夜에 흐르거든 옛 물이 있을손가
인걸人傑도 물과 같도다 가고 아니 오는 것은 [황진이]

과 같이 노래한 황진이의 시조를 들 수 있다.

그런 반면에 중국에는 외형적으로 기다란 한시漢詩가 있다. 예를 들면, 당나라 최고의 낭만파 시인이며 '달과 술'의 시인이었던 이태백李太白의 한시다.

달빛 아래 홀로 술을 마시며月下獨酌

꽃밭 가운데 술 한 항아리花間—壺酒

함께 할 이 없어 혼자 마신다獨酌無相親

잔 들어 달을 불러오고擧杯邀明月

그림자 더불어 삼인 되었구나對影成三人 [李太白]

와 같이 여러 장으로 길고 여유로이 읊었다.

아무튼 이와 같이 동양의 시를 통틀어 보더라도 일본의 하이쿠만큼 외형적으로 짧은 시는 없을 것이다.

그러한 하이쿠 중에서 관심이 가는 것은, 우리들에게 잘 알려진 '대망'의 야사野史에서도 나오는 시다. 16C 일본 전국戰國 시대의 통일에 이르는 과정에서 유명한 세 장수가 등장하는데 서로 다른 성격과 정책을 엿볼 수 있다.

나무 위에 앉아 있는 두견새時鳥를 보고서, 어린 시절 오다 노부나가織田信長는 '울지 않으면 죽여버려야겠다'鳴かぬなら殺してしまえ時鳥 라고 읊었다. 반면 도요토미 히데요시豊臣秀吉는 '울지 않으면 울도록 만들겠다'鳴かぬなら鳴かせて見せよ時鳥 라고 했고 덕장 도쿠가와 이에야스德川家康는 앞과 달리 '울지 않으면 울 때를 기다리리'鳴かぬなら鳴くまで待とう時鳥 라고 하는 유명한 말을 남겼다.

잘 음미해보면, 세 장수의 '인생관'을 확실히 간파할 수 있다. 즉, '세상만사를 어떤 기준으로 바라보느냐'에 따라 그 결과는 다양하게 달라진다는 매우 중요한 메시지를 던져주고 있다.

　서로 다른 관점에서 지은 일본의 세 장수의 하이쿠 시에서, 우리는 과연 무엇을 생각할 수 있는지 스스로 각인해보는 것도 우리의 삶에 크나큰 도움이 될 것이다. 그것이야말로 우리들에게 하루하루 행복하게 살아갈 수 있는 중요한 '처세방법'이 될 것이다.

삼성 회장의 '경청'
– 성공하려면 '경청'할 줄 알아야 –

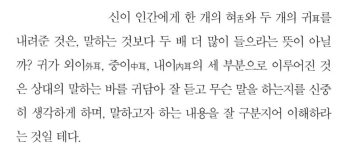

신이 인간에게 한 개의 혀舌와 두 개의 귀耳를 내려준 것은, 말하는 것보다 두 배 더 많이 들으라는 뜻이 아닐까? 귀가 외이外耳, 중이中耳, 내이內耳의 세 부분으로 이루어진 것은 상대의 말하는 바를 귀담아 잘 듣고 무슨 말을 하는지를 신중히 생각하게 하며, 말하고자 하는 내용을 잘 구분지어 이해하라는 것일 테다.

삼성가의 창업주 이병철 회장은, 셋째 아들인 이건희 회장이 신입사원으로 첫 출근하는 어느 날, 자기 방으로 제일 먼저 출근하라고 지시한다. 다름 아닌 첫 출근선물을 주기 위해서다. 방에 먼저 들어와 앉아 있는 이건희 사원에게 준 선물은 단지 '경청하라'는 말 한마디였다.

창업주는 아들에게 많은 현장에서 부딪히며 스스로 익히도록 하는 교육방식을 가르쳐왔고, 경영일선에 항상 아들을 동반하면서도 그 어떤 일도 자세하게 설명해주지 않았다고 한다. 문제가 생기면 스스로에게 어떻게 대처할 것인가를 끊임없이 물으며 사고를 키워왔다.

4대 성인 중 한 사람인 소크라테스는 강조해 말하기를 '세련된 화법은 듣는 것에서부터 출발한다'고 했다. 그는 아테네 청년들에게 항상 '자네들이 먼저 이야기해 보게나! 나는 그것으로 판단할지어다!'라 하면서 이야기를 시작했다고 한다.

입신출세하는 방법을 잘 가르쳐주는 데일 카네기D. Carnegie, 1888~1955의 저서 『인간관계론』에서 '어느 누구도 성공하고 싶다면 듣는 것은 너무나 중요한 일이다'라고 했다.

오늘날에 사는 우리들의 심각한 문제는 그야말로 대화의 상실이 아닐까? 상대방의 이야기를 전혀 들으려 하지 않는 바로 그것이다.

미국의 어느 고등학교에서 실시한 학기 초 수강신청 결과를 보면, 놀랍게도 듣기강좌의 과목보다 말하기강좌의 과목이 생각보다 많은 학생들로 북새통을 이뤘다고 하니 더욱 실감이 난다.

미국 내 시청자만 2천200만 명으로 세계 105개국으로 방영되었던 유명한 토크쇼의 주인공 오프라 윈프리O. Winfrey, 1954~. 사생아로 태어나 불우한 어린 시절을 보낸 그녀는 토크쇼에서 게스트의 발언 하나하나를 매우 주의 깊게 경청한다. 그런 후 정말 자기가 듣고 싶어 하는 이야기를 듣기 위해 중간 중간에 살짝 질문을 던지는 것이다.

하나같이 달변가도 아닌 평범한 게스트들은, 그녀의 이런 질문을 이정표로 삼아 생생하고 감동적인 자신의 라이프스토리를 잘 털어놓게 된다.

같은 여성으로 심리학자 겸 칼럼니스트 조이스 브러더스 J. Brothers, 1927~는 '상대에게 가장 충실한 아부란, 무조건 따라하는 것이 아니라 상대방의 말을 경청하는 것'이라 한다.

다시 말하면, 자신을 잘 이해해주는 사람에게 우리들은 끌리게 마련이다. 상대가 우리의 이야기를 많이 경청하고 더 많은 관심을 기울이기 때문에 우리를 잘 이해해준다는 말이다. 진정한 관심이야말로 우리가 상대에게 줄 수 있는 가장 훌륭하고 뜻 깊은 선물이 아닐까?

뉴욕의 어느 은행에서 있었던 이야기다. 은행이라는 서비스업계에서 첫 인상이 얼마나 중요한지 모른다. 그것을 인식하지 못한 경영진이 합리적인 경영방침이라고 뭔가를 내놓았다.

5천 달러 이상의 금액을 출납할 경우에는 출납창구를 이용하게 하고, 그 이하의 금액은 자동출납기를 이용하도록 해 인건비를 줄이려는 졸렬한 방법을 고안했다.

며칠이 지나자 은행 예금액이 갑자기 줄어들었다. 원인을 조사해보니, 자동출납기라는 기계를 상대로 해야 하는 고객들은 한결같이 불만을 토로하고서 다른 은행으로 구좌를 모두 옮겨버렸던 것이다.

기계는 입력된 내용만을 취급할 뿐이지, 고객들의 요구사항이 무엇인지 전혀 들을 수도 이야기할 수도 없기 때문이다.

어느 누구라도 성공하려면 상대방의 말에 '경청할 줄 알아야 한다'는 사실이 무엇보다 중요하다. 상대가 이야기하는 말속에는, 원인과 결과가 있으며 문제와 해답이 있고 또한 신뢰와 불신, 교만과 겸손 같은 심오한 말들이 내포돼 있으니 더욱 그렇다.

새내기문화와 대학

- 대학은 인간교육의 장이 되어야 한다 -

무대 위에는 검정 고무신에 다 떨어진 무명바지를
입은 재학생 선배가, 대학 새내기들을 위하여 뭔
가를 시연하고 있다. 바보 같으면서도 코믹한 행
동으로 장내를 사로잡아 배꼽을 쥐게 한다. 그의
일거수일투족은 보기만 해도 너무나 우스워, 옛날
유명한 코미디언 배삼용 같아 착각하기도 한다.

이 장면은 나의 새내기 때, 대학 강당에서 벌어진 신입생
환영무대의 일부분이다. 이러한 우스꽝스럽고 좀 엉뚱한 재주꾼
이 대학마다 한두 명씩 꼭 있다. 그 당시 무엇으로 새내기의 관심

을 끌었는지는 기억이 어렴풋하다. 그러나 굉장히 재미있어 했던 것은 틀림없었다.

　이 자리는 대학새내기를 위한 오리엔테이션 겸 환영회 자리여서 모두들 들떠 있었다. 행사가 캠퍼스 내 큰 강당에서 진행돼 지도하는 교직원도 일사불란하고 학생회의 간부들도 적극적이어서 일거양득의 효과를 낸 것 같다. 또 단과대학별로 먼 곳에 가지 않고서도 꽤나 실속 있는 행사가 되어 모두들 흡족한 듯했다.

　해마다 의무적으로 하는 신입생 OT행사는 매년 먼 곳으로 이동해 어김없이 진행된다. 나는 평상시 학생들의 단체행사는 반드시 캠퍼스 내에서 하자고 주장하는 사람이다. 2007년 그리고 2011년 대학생 수련회 때 버스사고가 났었고, 2012년 경주 마우나 리조트에서 일어난 큰 사고 등 되풀이 발생하여 아까운 생명을 많이 앗아갔다.

　우리는 어쩌면 3주만 지나면 모든 것을 다 잊어버리는 버릇이 있는가? 물론 이 사고의 원인은 남부지방에 큰 눈이 왔고 게다가 조립식 가건물을 사용했기 때문이라 한다. 그러나 교외로 나가지 않았으면 이 엄청난 일이 일어나지 않았을 것이 아닌가.

　누구한테 원망을 해야 되나? 이 아까운 생명들을 말이다. 피어보지도 못한 젊은 새싹들, 단 한 번도 '대학축제'를 맛보지도 못하고, 아니 그 희망찬 '동아리활동'도 참가해보지 못하고……. 그것뿐이랴! 그 인기 있는 '초청강연회'도 듣지도 못하고, 학생끼리 하는 '작은 음악회'는? 매력적인 '미술갤러리' 감상은? 초록 5월에 열리는 '체육대회' 그리고 흥미로운 '미팅' 행사도 있지 않은가? 그것보다 하고 싶어 했던 '전공과목'의 진미도 맛보지 못한 채……. 이들을 생각하면 정말로 가슴이 멘다.

구태의연하지만 이런 식으로 새내기 대학의 시발적始發的 행사가 치러진다면 어떨까? 그것이 3월 2일이 입학식이면, 그날 오후 또는 입학식 전날에, 그것도 생기 넘치는 대학캠퍼스 내에서 말이다.

각 대학마다 분명 넓은 강당이 있을 것이다. 현재와 같은 교외에서의 행사는 시간적인 소모일 뿐 아니라 물질적 낭비도 너무 많다.

대학은 '낭만'을 느낄 수 있는 곳으로 만들어야 한다. 거기에다 학구적인 분위기를 자아낼 수 있도록 여러 가지로 보충해줘야 된다. 동시에 새내기들에게는 '도덕적인 인간'이 될 것임을 선언하게 해야 된다. 그렇지 않으면 허무맹랑한 가식으로 대학생활이 일그러질 가망성도 있다.

다시 말하면 대학이야말로 '인간교육의 장場'이 돼야 하고 인생관확립의 장이 돼야 한다. 그렇지 않으면 교실수업에 나가 출석할 필요가 있겠는가? 차라리 사설학원에 다니면 된다. 대학에서 중요한 것은, 학생 각자의 외국어와 같은 장기長技를 갖추게 하는 장이 돼야 한다.

'대학'이라는 상아탑은, 사회주변에서 생기生起하는 여러 가지 일들의 의미意味를 통일적으로 받아들일 수 있는 연습장이 돼야 할 것이다.

대학 새내기 J에게!

– 소중한 시기에 '해야 할 일들' –

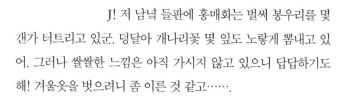

J! 저 남녘 들판에 홍매화는 벌써 봉우리를 몇 갠가 터트리고 있군. 덩달아 개나리꽃 몇 잎도 노랗게 뽐내고 있어. 그러나 쌀쌀한 느낌은 아직 가시지 않고 있으니 답답하기도 해! 겨울옷을 벗으려니 좀 이른 것 같고……

J! 대학 입학을 축하하네. 그동안 공부하느라 고생 많이 했지. 이제는 고등학교 때 틀에 박혀 있던 생활에서 해방돼 너무 좋겠다. 근데 너무 자유로우면 안 되는 것 물론 알지. 자유를 가지되 자기의 생활신조는 잊어선 안 돼.

J! 내 생각엔 말이야, '젊은 날'이란 너무나 소중한 시기 같아. 그 '젊은 날'이 바로 대학을 다니는 시기가 아닐까 싶어. 이 무렵은, 바로 새내기 대학생이 시작되는 3월부터가 아니겠니? 그리고 물론 1학년 때부터 열심히 공부하는 것도 중요하지. 그렇지만 공부 이외의 것 또한 소중하고 가치 있는 일이라 생각하고 있어.

J! 기성세대인 내가 선배로서 명심해야 할 몇 가지 이야기를 좀 해줄까? 참고가 됐으면 해.

제일 먼저 J!, 너의 생활환경도 이제 바뀌었으니 국내든 국외든 여행을 한번 다녀와 봤으면 해. 국외는 다음 기회로 하고, 우선 국내 어디든 가고 싶은 곳을 정해 여유 있고 편안한 마음으로 여행해봐! 그곳 여행지에서 많은 사람들을 만나보고, 많은 대화도 해보고 많이 들었으면 좋겠어.

두 번째로 J! 아름다운 시詩도 가끔 읊어봐. 뒷동산에 올라가 유명한 김소월의 시도 읊어보고 하이네의 시도 읊어보았으면 해.

김소월은, 우리 민족의 정서를 애상적인 어조로 노래한 한국의 서정시인이 아닌가?

나 보기가 역겨워 가실 때에는

말없이 고이 보내 드리우리다.

영변에 약산 진달래꽃

아름 따다 가실 길에 뿌리우리다…… ('진달래꽃'에서)

그리고 하이네H. Heine, 1797~1856는, 사랑을 향한 순수함이 묻어 있는 독일의 대표적인 시인이지.

저 건너 언덕 위에는 놀랍게도

선녀처럼 아름다운 아가씨가 앉아

금박의 장신구를 번쩍이며

황금빛 머리칼을 빗어 내린다…… ('로렐라이'에서)

그리고 J! 음악은 좋아하는가? 나는 7080세대라 윤형주, 송창식 등 세시봉 친구들이 하는 노래를 대학생내기 땐 무척 좋아했단다. '하얀 손수건'부터 시작해 '모닥불 피워놓고'까지. 너희들은 이승기가 부르는 '되돌리다'Return나 걸스데이나 10cm 노래를 좋아하겠다.

J! 세 번째는, 학교에서 초청하는 유명강사의 강연회나 너희 학과에서 초청하는 특강 같은 것을 많이 들어봐! 아마 너의 인생의 큰 지침이 될 거야.

네 번째로 J! 나는 대학 다닐 때 '꿈'이 너무 많았던 것 같아. 그래서 일단 큰 꿈을 한번 그려봐! 멋진 경구도 있잖아. '보이스 앤 걸스! 비 앰비셔스! Boys & girls! Be ambitious.'라고 말이야.

네가 나중 어떤 큰 인물이 될지 모르잖아. 나같이 교수도 될 수 있고 아니면 정주영 왕회장님 같은 대사업가도 말이야. 아니면 판사, 국회의원, 아니면 싸이 같은 춤꾼도 될 수 있는 것 아닌가? 물론 스티브 잡스나 빌 게이츠 같은 대개혁가도 될 수도 있겠지.

다섯 번째로 J! 너는 아직 학생이니까 값비싼 음식은 먹을 수 없겠지. 그렇지만 잘 찾아보면 값싸고 맛있는 명품음식이 많이 있어.

예를 들면 돼지국밥은 어떻게 생각하니? 나는 울산에 처음 왔을 때, 이 음식을 먹질 못했어. 왜냐하면, 돼지고기의 특유한 기름 냄새 때문이지. 근데 시내 어느 돼지국밥집에 가서 먹었더니 거기에서는 돼지 특유의 비린내도 나지 않더라. 그래서 그 가게 사장님은, 비린내를 제거해 개발한 특유한 음식이라 하여 시市로부터 신지식인 상까지 받았다고 해. 그래서 나도 비위에 맞지 않던 돼지국밥을 처음으로 한 그릇 뚝딱 비워버렸단다.

그 후 자꾸 먹다보니 몸도 건강해지고 해서 나만의 단골이 돼버렸어. 더욱이 한 그릇 든든히 먹고 강의할 때는 강의도 잘 된단 말이야.

그리고 유명한 비빔밥집도 있어. 4대째 걸쳐 하는 집이지. 가격도 비싸지 않고 나물도 더 달라면 불만 없이 친절히 잘 주거든.

마지막으로, 무엇보다 중요한 것은 '건강'인 것 같아. 건강하지 않은데 무얼 할 수 있겠냐? 그래서 잘 먹고, 잘 자고, 잘 노는 것이 중요한 것 같아…….

J! 그중 강조하고 싶은 말은 '잘 논다'는 말이야. 즉, '운동을 하지 않으면 안 된다'는 뜻이지. 그 말을 단단히 명심하기 바란다! 주위에는 생각보다 멋진 운동장소가 많이 있단다.

J! 그럼 이정도로 이야기하고 마치려고 해. 이제까지 한 이야기 잘 귀담아 듣고, 너의 '희망찬 새내기 세상'을 향하여 힘차게 나아가 보렴.

빡세게 사는 대학생 조카

－ 돈키호테적이지만 얼마나 멋진 놈인가! －

우리의 한가위 명절은 하늘이 내려주신 선물들을 마음껏 맛보는 결실의 날이다. 그렇게 떠들썩하지 않고 늘 조용한 분위기가 감도는 복된 날이기도 하다.

2년 전의 한가위 날이다. 흩어진 일가족이 한데 모여 기분 좋은 날, 심적으로는 그야말로 여유로운 분위기로 풍요롭다. 많은 친척들과 만나 정답게 이야기할 때면, 웃어른인 할아버지로부터 나이 어린 꼬맹이 조카까지 화젯거리가 만발한다. 그중에는 어리고 젊은 고등학교 청소년 조카들의 이야기도 듣는다.

한 조카아이가, 차례가 끝난 후 차례상 앞에 앉아 부모형제, 삼촌 앞에서 불쑥 말을 내뱉는다.

"지금 고3인데요. 내년에 꼭 대학에 들어가야 하나요?"

라고……

그때를 생각하면 이 말 한마디가 온 집안사람들을 떠들썩하게 만들었던 것 같다. 그놈은 평상시 성품과 행실이 좋았고 공부를 못 했던 아이도 아니다. 자기 반에서 늘 상위급에 드는 놈이다. 그런데 대뜸 그런 말을 하다니? 지금까지 애지중지 키워온 부모로서는 이게 날벼락 같은 말이 아닐 수 없었다.

그 조카아이는 과감하게도 다음 해 대학을 가지 않았다. 2년 후 지금 생각해보면 그는 제 나름대로 알찬 계획이 있었던 것이다. 젊었을 때 1, 2년은 대학을 가지 않고 세상 경험을 하나하나 해보겠다는 야심찬 생각을 했던 거다. 다행히 1년 후 대학에 들어간 그는, 자기의 적성에 맞는 학과에 당당히 입학해 남보다 활기차게 대학생활을 열심히 하고 있다.

어느 유명 교육전문가는 고3 졸업 후 대학에 들어가기 전까지 유랑인流浪人으로 있는 것이나, 또는 대학 재학 중에 휴학하거나 재학 중 해외 교류대학에 응모해 1년간 유학생으로 가는 방법을 효율적이라고 주장한다. 고교 졸업 후 1, 2년 유랑인으로 지내는 경우는 한국에서 드문 일이지만, 선진국에서는 확산되는 추세. 대학 신입생을 위한 오리엔테이션에 나가는 대신 그 시간에 다양한 사회의 경험을 얻을 수 있다는 이유에서다.

잠깐 여기서 그가 대학에 들어가기 전, 나름대로 체험한 것을 이야기해보자.

제일 먼저, 세상 사람들의 이야기를 듣기 위해 커피 바리스타 자격증을 땄다. 성인이라면 누구든 들어갈 수 있는 곳이 요즘 흔히 보는 커피전문점이다. 그곳에서 듣는 사람들의 대화는, 드라마 같은 세상 실화에서부터 젊은이의 사랑이야기, 어른들의 비즈니스 상담, 한가한 아줌마들의 끼 있는 이야기 등등 다양하다.

둘째, 그는 평일 야간에는 자기 몸을 관리하기 위해 헬스장에 다니면서, 기초 스트레칭부터 근육 만들기까지 젊은이로서의 몸짱미를 한껏 다지고 있었다. 또 '정보가 늦으면 세상을 잃는다'는 모토로, 편리한 태블릿PC를 몸에 지니면서 정보화 시대의 젊은이답게 알찬 정보들을 자기의 것으로 만들고 있었다.

셋째, 주말에는 폐기물재생센터에서 일하기도 했다. 더욱이 전문사진가의 스튜디오에서 심부름도 했고 배낭을 메고 걷는 하드워킹이나 여행, 스키, 독서 등도 열심히 했다. 그것뿐인가! 어린아이를 좋아해 방학 동안 아이들과 같이 연극연습도 해 작은 연극공연을 열었고 조그마한 거북선까지 만들어 어린이들에게 영웅심을 길러줬다.

약간 돈키호테적이지만 이 얼마나 대단하고 멋진 놈인가!

여기에는 찬반양론이 있을 수 있다. 대학생의 경우 인문분야는 3학년 때 1년간 유학생으로 외국에서 보내는 것은 바람직한 변화change of pace가 되지만 자연과학분야는 그렇지 않다. 왜냐하면 그것은 인문과학과 달리, 한 과정 한 과정 단계적 순서를 밟아가는 학문이어서 중도에 학업이 정지되면 애써 배운 기초지식을 잊어버리는 위험이 있기 때문이다.

더욱이 주의해야 할 점은, 부모는 부모 나름대로 자기 생활을 지키면서 아이를 대해야 한다. 그것을 핑계 삼아 집안일로 시간을 낭비하게 해서는 안 된다.

대학을 졸업하기까지 16년간 맹목적으로 학교를 다니는 학생이 대부분이다. 자신과 사회를 위하여 한번 누에고치 속 학교생활에서 바깥세상으로 나가 관찰해봤으면 한다. 입시경쟁으로 서로 옥신각신 다투지 말고, 학문 이외의 다른 세상이 어떤 것이 있는지를 체험해보는 것도 매우 중요하다. 제도권 속의 학교에서 얻을 수 없는 '넓은 견해'를 습득하는 좋은 기회가 될 것이다.

보물 같은 도서관

− 휴대폰에만 고개를 파묻지 말라! −

완연한 가을 가로수 길을 가다 뭔가 뚝 떨어지는 소리가 들린다. 떨어져 굴러가는 것을 보니 다름 아닌 동그랗게 생긴 도토리다. 약간 바람이 불라치면 더 많이 굴러 떨어진다. 덩달아 샛노란 은행알도 떨어진다. 밟으면 약간 미끌한 것이 냄새도 제법 코리코리하다.

이 계절이 되면 지나가는 행인에게서 좀 차분한 정취를 느낄 수 있다. 한편으론 이 거룩한 열매의 계절을 주신 조물주에게 고개가 절로 숙여지는 기분이다.

여기저기서 왠지 사색의 정경들이 풍겨온다. 바로 독서의 분위기다. 최근 현대풍의 서점이 거창하게 오픈되어 독서가들을 즐겁게 맞이하고 있다. 그래도 정통 '도서관'이야말로 훨씬 더 고매하고 독특한 향취를 내뿜지 않은가?

'도서관'이라 하면, 도서 · 회화繪畵 등을 수집하고 정리 보관하여 이용자의 요구에 따라 신속하고 효과적으로 활용할 수 있도록 봉사하는 곳이다.

원래 '도서'圖書라는 말은 음양오행에서 나온 신비로운 말로 '하도락서'河圖洛書를 줄인 어휘다. 잠깐 그 어원을 '역경'易經의 철학적 이론을 설명한 '계사전'繫辭傳에서 보자.

天垂象 見吉凶 聖人象之 천수상 견길흉 성인상지

河出圖 洛出書 聖人則之 하출도 낙출서 성인즉지 [繫辭傳]

하늘이 상을 드리워 길흉을 나타내니 성인이 이를 본받았다. 황하에서 '하도'河圖가 나오고, 낙수洛水에서 '낙서'洛書가 나와, 성인이 이를 본받았다는 뜻이다.

하도에는 말馬같이 생긴 용龍의 등背에 55개 점이 있고 낙서에는 거북 등에 45개 점이 있었다고 한다. 즉, 하도는 '하늘의 이치'를, 낙서는 그 이치가 땅에 드리워진 '땅의 법칙'을 나타낸 것이다. 하도가 오행의 '상생'相生을, 낙서는 오행의 '상극'相克을 의미한다.

'도서'圖書의 의미에 이러한 오묘한 뜻이 있고 천지의 신성한 의미가 내포되어 있는 것이다. 흔해 빠진 보통의 어휘가 아닌 것에 그저 놀라울 따름이다.

이탈리아 태생 움베르토 에코U. Eco, 1932~2016에게는 수식어가 많이 붙어 있다. 그는 5만 권의 책을 갖고 있는 지독한 공부벌레이자 언어의 천재로 기호학자이며 스토리텔러다. 2년 반에 걸쳐 저서 『장미의 이름The Name of the Rose』(1980, 장편추리소설)을 집필했다. 이것은 고전문학의 입문서로 가히 만 권의 책이 집약된 결정체라 말할 정도다.

그 책에서 아드소가 화자로 등장하는데 그는 처음 '장서관'藏書館에 들어갔을 때 이런 말을 한다.

> "그제야 나는 서책끼리 대화를 주고받는다는 사실을 알았다. 장서관이란 수세기에 걸친 음울한 속삭임이 들려오는 곳. 만든 자, 옮겨 쓴 자가 죽어도 고스란히 살아남는 수많은 비밀의 보고. 인간의 정신에 의해서는 정복되지 않는 막강한 권력자였다."

라고.

그는 책이 인간의 삶을 연장시키는 '유일한 도구'로 생각했다. 한 인간이 소멸한다 해도 그 사람이 지녔던 경험과 지식·통찰은 책을 통해 타인에게 옮겨지기 때문이라는 것이다. 그것들이 모여 있는 '도서관'이야말로 지금 이 순간까지 인간이 쌓아올린 모든 결과물이 집적된 완전체이며 소통의 광장이라는 것이다.

도서관에 가서 서가와 서가 사이를 조용히 걸으며 사색에 잠겨보고, 책들끼리의 관련성을 읽어내고, 새로운 지혜를 생각해내는 일. 이 얼마나 멋진 일인가!

우리는 온종일 휴대폰에 골똘히 고개를 파묻고 있다. 고결하고 거룩한 도서관을 '책들의 무덤'으로 만들고 있지 않은지 스스로 반성해야 할 것이다.

잊을 수 없는 추억
– 힘과 에너지가 넘치는 도서관 –

옛날 내가 초·중·고등학교에 다닐 때만 해도 앞집 옆집 가릴 것 없이 한집안은 대부분 10여 명 가족이었다. 우리 집도 그중 하나로 식구가 15명이나 북적댔다. 보설하면 조부모, 부모, 누나 1명, 형 2명, 동생 2명, 식모 1명, 머슴 1명, 대문간 집 3명이다.

그 속에 사는 '학생'學生이 집에서 가만히 앉아 공부한다는 것은 도저히 어려운 분위기였다. 조용히 공부할 수 있는 곳이라면 '도서관' 이외 다른 데가 없었다. 운 좋게도 내가 사는 곳은 대도시라 도서관을 찾는 일이 그렇게 어렵지 않았다.

잠깐 어린 중학생 때로 거슬러 가본다.

수업이 파하면 곧장 도서관으로 가기 바빴다. 그냥 맹목적으로 도서관으로 가는 것이다. 굳이 공부하겠다고 해서 가는 것이 아니었다. 시끌시끌한 곳을 벗어나 잠시 차분한 장소에 가 있으면 마음도 좀 편할 것 같아서다.

학교의 모든 건물이 도서관뿐만 아니라 검붉은 벽돌로 되어 있어 매우 신기하게 보였다. 가톨릭재단의 학교는 대부분 그런 분위기로 주변에 비슷비슷한 건물이 몇 개 더 있었다.

갓 입학한 다음 날 도서관에서 처음으로 대출증을 발급받아 소설 한 권을 빌렸다. 서명은 1889년 프랑스 소설가 쥘 베른 J. Verne, 1829~1905이 지은 『15소년 표류기』다.

15명의 또래 녀석들이 등장하는 모험소설이어서 중학 1년생에게는 호기심 가득 찬 책이었다. 어린 꼬마가 처음으로 읽어보는 외국 모험소설이라 내내 흥미진진하여 시간가는 줄 몰랐다.

공교롭게도 음악과목 교실은 이 도서관 건물 제일 안쪽에 있었다. 시설도 상상 이상이었다. 훌륭한 LP판 축음기에다 방음장치도 제법 잘 되어 있고 걸상도 일반교실 것보다 약간 소프트했다.

오늘 음악시간에는 선생님이 전혀 들어본 적이 없는 클래식 음악을 틀어주고 우리들에게 무슨 곡인지 알아맞혀보라 하신다. 나로서는 엄두도 낼 수 없는 문제. 지난 6년 동안 초등학교 때 배운 음악이라야 기껏 동요나 외국민요 몇 곡에 지나지 않았다. 그런 내가 수준 높은 클래식 음악의 곡명을 맞출 리 있겠는가.

갑자기 맨 뒷자리에 앉아 있던 친구가 용감하게 일어서서 대답했다.

"선생님! 베토벤의 '운명 교향곡'이요!"

라고…….
모두들 깜짝 놀랐다. 아니 어떻게 이런 어려운 음악을 그 친구가 알 수 있을까. 분명 음악과 관련 있는 집안의 아이가 아니고는 불가능한 일이 아닌가.
그 후 난 그를 볼 때마다 부러운 눈으로 쳐다보기만 했다.

고등학교에 다닐 때는, 구내에 도서관이 있었는지 기억 나지 않는다. 그래서 시내 중심지에 있는 시립중앙도서관으로 가는 것이 일상이었다. 평일에도 갔었지만 방학 때는 아예 그곳에서 생활한 듯하다.

겨울방학 때는 재미났다. 도서관 열람실 한가운데에 기역자 모양의 양철연통이 길게 연결된 대형 난로 하나가 있었다. 그

위에는 김이 모락모락 나는 큰 주전자가 있는데 가끔 물이 넘치는 소리가 칙칙 났다. 그 소리는 왠지 마음이 차분해지면서 공부가 더 잘 되었던 것 같다.

정확히 오전 11시가 되면 난로 위는 그야말로 장관을 이룬다. 점심시간에 맞추어 일찌감치 양은銀 도시락을 하나씩 올려놓는 일이다. 추운 겨울철 차가운 도시락을 따뜻하게 데워먹기 위해서다. 열람실 한 중앙에 설치된 난로에서는 김치 특유의 짠내와 구수한 누룽지내, 쿰쿰한 단무지내 등 뭐라 형용하기 어려운 냄새가 났다.

인생의 냄새, 삶의 냄새가 발산하는 것이다.

책을 보는 사람들의 모습은 고시준비생이나 마찬가지. 감히 잡담은 엄두도 못 낸다. 잡담을 하다간 쫓겨나기 일쑤다. 고요한 사찰의 대웅전에 앉아 있는 것이나 별반 다를 바 없었다.

대구시립중앙도서관 건너편에 색다른 미국 USIS 공보도서관이 있었다. 그곳은 우리네 도서관과 사뭇 다른 분위기를 연출한다. 실내는 서양풍의 인테리어로 꾸며져 요즈음의 카페분위기를 연상시키는 것 같았다. 미국인들만이 앉을 수 있는 키 높은 걸상이 흠이라면 흠이었다.

고교생인 나는 관내의 서가를 여기저기 기웃하면서 이방인처럼 두리번거렸다.

집 근방에 또 경찰학교에서 운영하는 조그마한 도서관도 있었다. 경찰교육생들이 이용하는 좀 특이한 공공도서관. 교육생들은 별로 보이지 않고 대부분 일반인이다. 책을 대출해서 읽는 곳이라기보다 자기 책으로 공부하는 독서실 같은 곳이었다.

이것 또한 나로서는 좋은 환경의 공부방이 아닐 수 없다. 동네 또래들과 같이 그저 놀러 다니는 쉼터 겸 쑥덕공론장이기도 했다.

운 좋게 대학은 서울로 올라가게 됐다. 당시 서울에 있는 도서관 수數는 지금보다 적었지만 국립, 시립, 사립 등 다양했다. 대학도서관, 국립국회도서관, 국립중앙도서관, 정독도서관 등 굵직굵직한 도서관이 곳곳에 산재해 있어 우물 안 개구리가 바깥세상을 보는 듯했다.

2명이 같이 쓰는 하숙방 신세라 대학생활도 대부분 도서관에서 이루어진 것이나 다름이 없었다. 내가 다니는 학교도서관보다 오히려 바로 옆에 위치한 K대학 도서관을 자주 이용했다. 든든한 재단의 대학이라 도서관의 메인홀은 마치 화려한 유럽궁전 못지않았다. 다행히 아무런 제재 없이 출입할 수 있었던 '열린' 도서관이었다.

무역회사를 그만두고 대학원에 다닐 때에는 한군데 더 늘렸다. 도심 중앙에 위치한 일본대사관 소속 광보도서관이다. 일본의 홍보책자를 비롯, 다양한 분야의 최신서적을 열람할 수 있을 뿐 아니라 여러 겹의 서가에 다양한 원서原書들이 가지런히 꽂혀 있었다.

　　이용자들은 대부분 일본어를 해독할 수 있는 사람들. 일제강점기 때 일본어를 익힌 연세 많은 우리네 노인들이 대부분으로 일본 신문을 읽는 것이 고작이었다.

　　가끔 신문을 보다 졸리면 엎드려 그대로 주무신다. 잠이 오는 것이야 자연스러운 생리적 현상이니 어쩔 수 없는 노릇이 아닌가. 그건 좀 약과다. 손톱을 깎는 할아버지도 있다. 가까이에 있는 파고다공원의 야외토론장에 나가 논쟁을 벌이거나 시내로 들어가 세상 구경하는 것은 아예 하지 않는다.

　　공립도서관은 지방자치단체가 설치 운영하는 도서관으로 도립, 시립, 군립, 읍립, 면립 도서관들이 이에 해당한다. 사립도서관은 민법규정에 의한 법인이 설치하는 도서관인데 웬만한 도시는 이제 시, 구별마다 동네도서관이 다 있다. 경우에 따라 특성화된 도서관, 즉 예술, 문학, 아동교육, 꽃 등을 주제로 다양하게 분류되어 있다.

　　지독한 공부벌레이자 기호학자인 움베르토 에코U. Eco, 1932~2016는 다음과 같이 강조한다.

"우리는 난쟁이들입니다. 그러나 실망하지 마세요. 난쟁이지만 거인ᄐᄉ의 무등을 탄 난쟁이랍니다."

인류 한 명 한 명은 미약하고 작은 존재이지만 결코 작지 않다. 긴 시간 인류가 축적해놓은 '힘과 에너지' 위에 올라서 있기 때문이다. 그 힘과 에너지가 있는 곳이 바로 '도서관'이다.

"세상이 멸망해도, 1억 8천만 권의 어마어마한 책이 있는 미국의회도서관Library of Congress, Washinton, D.C.만 건재하다면, 인류문명을 재건하는 건 시간문제다"

라는 대단한 경구도 있을 정도니 도서관은 정말 환상적이고 놀랍지 않은가!

메모수첩의 환희

– 이제야 실력이 조금 느는 것 같아요! –

우연한 기회에 칼럼을 쓰기 시작했다. 글쓰기라고는 생판 모르는 우둔한 서생書生이 말이다. 단지 자랑(?)이라하고 싶은 것은 그동안 일기日記를 써왔다는 점이다.

그것도 오랜 기간은 아니었다. 중학 1학년 때였던가 국어 선생님이 한번 써보라는 명령조의 말씀 때문이었다. 뭣도 모르고 쓰기는 했지만 무슨 글인지 내가 써놓고도 알 수 없을 정도로 개발새발이었다. 6년째 되던 고3 때 포기해버렸다.

차라리 일기를 쓰느니 영어 단어 하나 더 외우고 수학문제 하나 더 풀어보는 것이 낫겠다 싶어서다.

그 후 몇 십 년 동안 글쓰기와는 소원했다. 대학교수직을 얻고 난 뒤부터 주변에 일어나는 일을 조금이라도 기억에 남겨두자는 생각에 다시금 시작했다.

길을 걷다가도 커피 한잔을 조용히 마실 때도, 뭔지는 모르지만 남겨두고 싶은 잔상들을 담배갑만 한 크기의 수첩에 어김없이 메모하기 시작한 거다.

놀랍게도 그 보석 같은 메모수첩이 이제 나의 서가 한가운데를 꽉 차지했다. 세상 곳곳에서 일어나는 아름다운 일들, 황금보다 더 고귀한 금언, 문득 가슴을 울렸던 이야기 등. 어느 때는 한마디 촌철살인의 어휘, 어느 때는 간결한 어구와 짧은 문장, 어느 때는 긴 복문의 글까지 수첩에 빠트리지 않고 기록한 것이다.

바로 그것이다! 삶의 대상이 무엇이든 필기구로 문장을 짓는다는 습관이 나의 글의 큰 밑바탕이 된 듯하다. 알고 보니 습작의 기본 단계를 확실히 밟고 온 것이다.

하버드대학에서 글쓰기 프로그램을 20년간 이끌고 있는 낸시 소머스N. Sommers 교수가 있다. 그녀가 제시한 '글쓰기 비법' 가운데 중요한 한 가지는 "짧은 글이라도 매일 써보라"라는 가르침이다. 하루 10분이라도 매일 글을 써야 비로소 '생각'을 하게 된다는 것이다. 뼈 속 끝까지 내려가서 생각하는 것이 글쓰기가 아니겠나?

7년 전 처음 칼럼을 쓸 때는 차마 용기가 나지 않았다. 칭찬보다 혹평에 귀 기울여야 하기에. 마치 나의 치부를 보여주는 것 같아 내심 싫었다.

진정 창조적이고 독특한 글을 생산하기란 쉽지 않는 법이다. 이 세상 모든 것은 '창조'가 아니라 '창의'라고 생각한다. 오히려 '창의적 편성'이라는 말이 적합할지도 모른다.

절대자인 신神은 창조할 수 있어도 인간은 그것이 불가능하지 않은가! 스티브 잡스도 20세기 문화의 창의자라 할 수 있다. 지나간 수많은 과학자들이 일구어낸 불후의 문화들이 그 기저基底가 되었을 것이다. 창의적인 집대성이다.

이같이 '글'도 과학과 문화처럼 같은 맥락이다. 특히 칼럼 문화는 글쓴이의 창의적 편성으로 이루어진 아름다운 문장표현이라 단정하고 싶다.

스페인의 파블로 카살스P. Casals, 1876~1973라는 세계 최고의 첼로니스트가 있다. 그의 나이 90세 때 첼로연습 도중 토로한 말이 유명하다. "이제야 실력이 조금 느는 것 같아요some improvement!"라고.